다송자본 동다송 따라쓰기

다송자본 동다송 따라쓰기

茶松子本 東茶頌 寫經

초판 1쇄 발행 2023년 8월 18일

지은이   김나경 ⓒ2023
감수 및 자료제공   전재인

펴낸이   김환기
펴낸곳   도서출판 이른아침
주소   경기도 고양시 덕양구 삼원로 63 고양아크비즈센터 927호
전화   031-908-7995
팩스   070-4758-0887
등록   2003년 9월 30일 제313-2003-00324호
이메일   booksorie@naver.com

ISBN 978-89-6745-147-9 (03810)

다송자본 동다송 따라쓰기

茶松子本 東茶頌 寫經

효설 김나경 지음

이른아침

동다송 이해의
가장 확실한 첩경

1.

초의스님의 『동다송(東茶頌)』은 중국이나 일본에 비해 전문적인 다서(茶書)가 부족한 우리 차문화사에서 그야말로 우뚝한 작품이다. 초의선사(艸衣禪師, 1786~1866)를 흔히 우리 차의 중흥조(中興祖) 혹은 다성(茶聖)이라 칭하는데, 스님이 이룩한 업적 가운데서도 가장 돌올한 것이 바로 이 작품의 저술이다. 초의스님의 차와 다도는 그 자체로 역사적 사실이요 더없이 소중한 진일보였지만, 만약에 『동다송』이 없었더라면 다성 칭호는 다소 무거운 것이 되지 않았을까 싶다.

그렇다면 『동다송』이 오늘날의 우리에게 갖는 의미는 무엇일까? 역사적 가치나 문화적 가치 외에, 온갖 다국적 음료와 마실거리가 지천으로 널린 이 21세기에 초의스님이 말하는 우리의 차는 어떤 의미가 있는 것일까? 시대를 초월하는 가치와 의미를 찾을 수 없다면 『동다송』을 일러 우리의 '고전(古典)'이라고 말하기도 민망한 노릇이 아니겠는가.

2.

『동다송』은 널리 알려진 것처럼 해거도인 홍현주의 명(命) 내지 부탁을 받고 초의스님이 지은 작품이다. 처음 지었을 때는 이름을 '동다행(東茶行)'이라 했는데, 나중에 '동다송'으로 바꾸었다. 이때 등장하는 '행(行)'이나 '송(頌)'은 한문 시체(詩體)의 한 가지로, 이 작품이 기본적으로 운문(韻文)에 속한다는 것을 알 수 있다.

구체적인 형식을 보면, 『동다송』은 우선 크게 보아 '표제 부분'과 '본문'으로 나눌 수 있다. '표제 부분'에는 이 작품의 제목, 작품을 짓게 된 배경, 지은이 등이 들어있다. 제목은 당연히 '동다송'의 세 글자고, 지은이는 '초의사문의순(艸衣沙門意恂)'이라고 되어 있다. 초의는 스님의 법호이고 의순은 법명이며 사문은 승려라는 말이다. 표제 부분에는 이 작품을 짓게 된 배경도 간단히 설명되어 있는데, '승해도인명작(承海道人命作)'의 구절이 그것이다. 이를 그대로 옮기면 '해도인의 명을 받들어 짓다'라는 말로, 여기 나오는 해도인이 해거 홍현주다.

'본문'은 31송으로 이루어져 있으며, 글자 수는 총 2,272자다. 『동다송』을 31송으로 구분하는 것은 후대의 연구자들이 그렇게 나눈 것으로, 초의스님 본인은 그런 구분을 두지 않았다.

'표제'와 '본문' 외에 대부분의 『동다송』 판본에는 백파거사 신헌구의 '제시(題詩)'가 붙어 있는데, 신헌구는 초의스님의 부탁을 받고 글씨를 정서해준 인물이다. 자신이 맛본 초의스님의 차와 『동다송』을 찬미하는 내용이다.

3.

『동다송』은 차가 무엇인지 잘 알지 못하는 서울의 귀족 양반을 위하여 지은 작품으로, 기본적으로 차와 관련된 일체의 지식과 초의스님 자신의 경험을 담고 있다는 점에서 귀중한 자료가 된다. 당시 차의 최고 전문가였던 초의스님 본인이 알고 있던 모든 지식과 지혜를 2,000자 조금 넘는 짧은 시에 압축하여 담아낸 것이다. 여기에는 차나무의 생태적 특징에서부터 중국과 우리나라의 차 역사와 문화가 포괄되어 있고, 제다, 품천, 다기, 음다 등 차생활에 관련되는 일체의 지식과 조언이 포함되어 있다. 그런데 여기 등장하는 지식과 지혜는 200년 전에만 통용되던 것이 결코 아니며, 오늘날의 우리에게도 소중한 가르침이 되는 것은 물론 올바른 차생활을 위한 불변의 지침을 제공한다는 점에서 그 의의가 더욱 커진다고 할 수 있다. 말하자면 고전으로서 갖추어야 할 가장 큰 미덕이 고스란히 담겨 있는 것이다.

4.

　문제는『동다송』이 지어지던 시대의 지식인들에게는 너무나 당연한 상식이었을 지식들이 오늘날의 우리에게는 머리를 싸매고 고민해야 할 심각한 문제가 되었다는 점이다. 쉽게 말해서, 지혜와 총명이 줄어든 오늘날의 우리에게『동다송』은 쓱 봐서 이해할 수 있는 책이 아니라는 것이다. 따라서『동다송』에 담긴 지식과 지혜를 온전히 내 것으로 하자면 200년 전의 지식인들보다도 훨씬 더 많은 노력을 기울이지 않을 수가 없게 되었는데, 그런 노력의 한 방식은 현대과학의 도움을 받는 것이다. 초의스님 당시에는 체계화되고 이론화되지 않았던 많은 지식과 지혜들이 오늘날에는 과학이나 기술이라는 이름으로 잘 정리되어 유통되고 있다. 토양학, 수질분석, 영양학, 광학, 생물학, 미생물학, 발효과학, 뇌과학 등이 그것이다. 물론 그 범위가 매우 넓고 그 깊이 또한 누구나 상식적으로 이해할 수 있는 것은 아니어서 이들 과학이며 기술을 충분히 이용한다는 것도 결코 쉬운 일은 아니다. 하지만 해당 분야의 전문가들이 따로 있고, 이들의 도움을 기대할 수 있으므로 누구나 노력만 기울인다면 이 방면에서의『동다송』이해는 얼마든지 깊어질 수 있다고 여겨진다. 필자가 아는 분 중에 이 방면으로 가장 괄목할 만한 성취를 이룬 분이 이번 책에 자료를 제공해주시고 원고 내용의 감수도 맡아주신 겸재 전재인 선생이다. 선생은『한국의 다도고전 동다송』을 통해 현대과학의 이론들을『동다송』이해에 적극 활용하는 한 전형을 보여주고 있으며, 이 책의 내용 역시 그의 책들에 크게 빚지고 있음을 밝혀둔다.

5.

　지혜와 총명이 무뎌진 이 시대에『동다송』의 참맛을 제대로 느끼기 위해 기울일 수 있는 노력의 또다른 한 축은 원전의 내용을 우선 있는 그대로, 최대한 정확하고 깊이 있게 읽고 이해하는 것이다.『동다송』의 활용이나 현대적 변용을 말하기에 앞서 우선 『동다송』본연의 내용과 깊이를 제대로 숙지해야 한다는 것이다. 그런데 여기에도 큰 난관이 하나 있다. 바로 한문(漢文)이다. 게다가『동다송』은 기본적으로 시(詩)이기 때문에 한문의 문법이나 어법 규정에서도 벗어난 곳이 태반이다. 글자를 안다고 뜻을 알 수 있는 것이 아니며, 직역을 했다고 앞뒤 문맥이 저절로 연결되는 것이 아니다. 이 난

관을 돌파할 수 있는 방법은 무엇일까? 과거 어른들이 말씀하시던 문리(文理)가 터져야 하는데, 읽고 또 읽고, 쓰고 또 써보면 글자 하나하나에 담긴 초의선사의 마음을 짚어 가는 수밖에 다른 길이 없다. 천 번 읽고 백 번 쓰면 지은이의 마음이 느껴지는 순간이 누구에게나 오게 될 것인데, 이 책은 기꺼이 그런 노력을 기울일 준비가 된 오늘날의 초의들을 위한 책이다.

6.

　순천의 송광사(松廣寺)는 오늘날에도 그렇지만 과거에도 다른 어느 절보다 차향(茶香) 이 짙던 사찰이다. 이곳에 초의선사의『동다송』을 전범으로 삼아 다선일미(茶禪一味)를 누리시던 금명보정(錦溟寶鼎, 1861~1930) 스님이 계셨다. 그가 필사하여 남긴『동다송』의 한 이본이 소위 '다송자본 동다송'이다. 다송자는 금명보정 스님의 법명으로, 초의스님 과 마찬가지로 차를 기르고 만들고 즐기던 다승이자 선(禪)에서도 일가를 이룬 선승이 었다.『동다송』은 절집이나 스님들만을 위한 차생활 가이드가 아니지만,『동다송』에 담 긴 초의스님의 진지하고도 절박한 염원은 다송자 같이 투철한 정신과 삶으로 차를 대 하는 이들을 통해서만 올바로 전해지고 더 향기로워질 수 있었을 것이다.

7.

　이 작은 책을 통해 몇몇이라도『동다송』의 진미와 진향을 느낄 수 있다면, 이는 오로 지 스스로의 공덕에 의한 것일 뿐이다. 반면에 책 안의 오류와 불비는 오로지 필자의 부족한 수양 때문일 것이다. 모쪼록 일심으로 정진하여 모두『동다송』의 심연에 한발 이라도 더 다가서시기를 기원한다.

2023년 8월
김나경

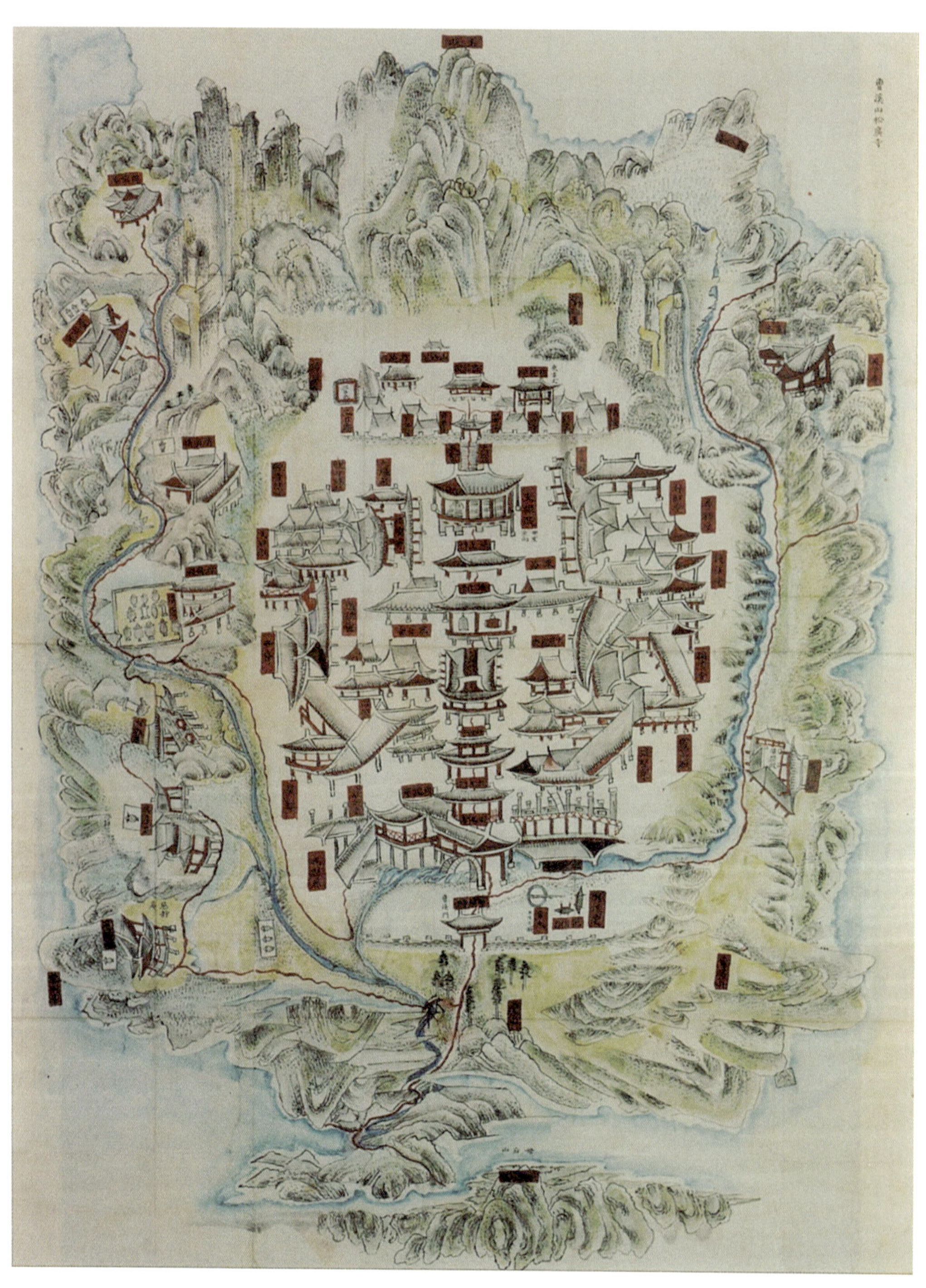

송광사 전경도(1886)

금명보정선사 진영

금명보정탑

송광사 전경(2014년)

東茶頌

『동다송』의
구성과 핵심주제

[동다송(다송자본)의 구성과 핵심 주제]

송(頌)	구(句)	구 분	내용	주(註)	구(字)	총(字)
1	6	차나무	차나무의 덕을 귤나무에 짝지었다.	귤송과 다경의 일지원 (27자)	42	69
			자라는 위치			
			찻잎의 특징			
			꽃의 개화 시기			
			꽃잎의 색			
			꽃의 암술. 수술, 씨방의 색			
2	2	차나무 가지와 잎	이슬은 벽옥 같은 가지를 깨끗이 씻었고	이태백 시 (29자)	14	43
			아침 안개는 작설 같은 잎을 흠뻑 젖었다.			
3	3	차의 역사	천선인귀 모두 차를 좋아했고	식경 다경 (15자)	21	36
			차 성품이 아주 특이하다.			
			효능은 건강하고 장수한다.			
4	1	차 이름	제호 감로는 옛날부터 있었고	다경(60자)	7	67
5	1	효능(效能)	해독작용과 소면 효과가 있다.	이아, 광아 (20자)	7	27
6	1	음다(飮茶)	제나라 안영의 음식에는 차가 있었다.	다경(23자)	7	30
7	2	신선이 차를 주었다	우홍은 단구자를 만나 차를 얻었고	다경(119자)	14	133
			진정은 털보 신선을 만나 차를 얻었다.			
8	1	헌다(獻茶)	무덤 속 귀신도 헌다에 보답하였다.	다경(93자)	7	100
9	1	차가 으뜸	모든 음식 중에서 차가 으뜸이다.	다경(26자)	7	33
10	1	효능(效能)	수문제의 두통을 차로 치료했다.	사고전서 (39자)	7	46
11	1	차 이름 탄생	경뇌협과 자용향이란 차 이름이 생겼다.	사고전서 (26자)	7	33
12	2	당나라 음식중에서 차가 중심이다.	당나라에는 진수성찬으로 가득하지만	두양잡편(杜陽雜編)(19자)	14	33
			공주의 방에는 오직 자영차만이 최고다			
13	2	중국 제다법	제다법으로 만든 것은 두강이고	다경 (7자)	14	21
			맛있는 차를 준영이라 한다.			
14	2	중국 떡차	용봉단차(용봉단차)	선화북원공다록, 동파시 (45자)	14	59
			만금으로 떡차 백 개를 만들다			
15	2	점염실진(點染失眞)	차는 진색, 진향을 스스로 갖춘다.	만보전서 (23지)	14	37
			한 번 오염되면 그 진성을 잃는다.			
16	4	중국 차 재배	도인은 좋은 차를 얻고자 하여	다보(茶譜) (32자)	28	60
			몽정산에서 차를 재배를 시작하여			
			좋은 차 다섯 근을 만들어 진상했다			
			그 이름이 길상예와 성양화다			
17	2	중국 차 생산지	설화와 운유차는 향기로움을 서로 다투고	동파 시 (103자)	14	117
			쌍정차와 일주차는 홍주와 절강에서 난다.			
18	2	중국 차와 물의 관계	건양 단산은 물의 고장이고	돈재한람 (93자)	14	107
			운감차와 월간차는 품질이 좋은 차다			

송(頌)	구(句)	구 분	내용	주(註)	구(字)	총(字)
19	4	동국의 차의 특징	우리나라에서 생산되는 차는 원래 그 근본이 서로 같아. 색과 향과 맛이나 효능도 한 가지다 육안차는 맛, 몽산차는 약효가 좋다. 동국차는 이 두 가지를 겸하고 있다	동다기 (64자)	28	92
20	2	중국 차 효능(效能)	늙은이를 젊고 건강하게 하며 팔십 노인을 장수하게 한다.	이태백 시 (35자)	14	49
21	2	일지암 유천	유천으로 수벽탕과 백수탕을 끓여서 목면산의 해거도인에게 드릴 수 있으랴	십육탕품 (123자)	22	145
22	1	구난과 사향	구난과 사향은 현묘해야 얻을 수 있다	다경,다신전 (147자)	9	156
23	1	운상원	칠불사의 차 생활	지리산(76자)	11	87
24	3	중국 차의 진상품	구난과 사향이 온전하고 맛이 좋아야 궁궐에 진상할 수 있고 취도 녹향을 마시면 마음 깊이 스며든다.	군방보 (86자)	21	107
25	2	동국차의 특징	총명하여 사방으로 체하거나 막힘이 없어 뿌리는 신성한 지리산에 내렸다.	지리산 (7자)	14 14	21 21
26	3	동국차의 특징	동국에 토착화하여 풍모와 기골이 다르다. 녹아와 자순은 바위를 뚫고 자란다. 떡차의 주름은 꾸불꾸불하며 물결무늬다.	다경 화개동 (94자)	21	115
27	2	동국 지리산 환경	밤이슬이 찻잎을 흠뻑 젖게 하여 차 향기가 좋다.	다신전 동파시(106자)	14	120
28	2	중정(다도)	차에는 중정의 현묘함을 나타내기 어렵고 차와 물을 둘이 아니다.	다신전조다, 품천(87자)	14	101
29	2	중정(다도)	물과 차가 온전해도 중정을 잃으면 안 되며 중정으로만 성분과 효능을 얻는다.	초의선사 평해 다신전(148자)	16	164
30	2	중국 차의 효능(效能)	차 한 잔 마시면 기운이 생기고 몸이 건강하다.	진간재 다시 (24자)	14	38
31	6	도인의 찻자리음다(飮茶)-다도	밝은 달은 촛불이며 벗이고 흰 구름을 방석과 병풍으로 하고 대나무와 솔바람 시원하여 맑은 기운이 가슴속에 스며들며 오직 흰 구름과 명월을 두 손님으로 도인의 찻자리는 독철왈신(獨啜曰神)이다.	다신전 음다 (34자)	43	77
	68		백열록 동다송은 2,405자	1,830	493	2,323

東朵頌

다송자본 동다송 따라쓰기

'다송자본 동다송'이 실린 송광사 소장 『백열록』 표지

東茶頌承海道人命草衣沙門意恂作

后皇嘉樹配橘德 受命不遷生南國〔茶樹如瓜蘆 葉如梔〕密葉鬪霰貫冬靑 素花濯霜發秋榮〔花如白薔薇 心黃如金〕姑射仙子粉肌潔 閻浮檀金芳心結〔當秋開花淸 香隱然云〕

沉瀜澈清碧玉條 朝霞含潤翠禽舌〔李白云 荊州玉泉寺 淸溪諸山有茗草羅生 枝〕

天仙人鬼俱愛重 知爾爲物誠奇絶 炎帝曾嘗載食經〔食經云 茶茗久服 令人有力悅志云〕醍醐甘露舊傳名〔王子尙詣曇濟道人于八公山 道人設茗茶 子尙味之曰此甘露也〕

解醒少眠證周聖〔周禮 酒正以六淸之屬 雅有漿 酒茶待淸 別皆蜜〕脫粟伴菜聞齊嬰〔晏子春秋 嬰相齊景公時 食脫粟之飯 炙三戈五卵 茗菜而已〕

丹邱羽仙宗茇引蔘精〔神異記 餘姚虞洪入山采茗 遇一道士牽三靑牛 引洪至瀑布山曰 予丹邱子也 聞子善具飮 常思見惠 山中有大茗 可相給祈子 他日有甌蟻之餘乞 相遺也 因立奠祀後入 山常獲大茗〕

潛壤不惜謝萬錢〔異苑 剡縣陳務妻少與二子寡居 好飮茶茗 宅中有古冢 每飮輒先祭之 二子曰 古冢何知徒勞人意 欲掘去之 母禁而止 其夜夢一人云 吾止此冢三百餘年 卿二子 常欲見毀 賴相保護 反享佳茗 雖潛壤朽骨 豈忘翳桑之報 及曉於庭中獲錢十萬〕

鼎食獨稱冠六情〔張孟陽登樓詩 鼎食隨時進 百和妙且殊 芳茶冠六情 溢味播九區〕開皇〔雷笑〕醫腦傳異事〔隋文帝微時夢神易其腦骨 自爾痛 忽遇一僧云 山中茗草可治 帝服之有效 天下始知飮茶〕藭香取次生〔唐覺林寺僧志崇 製茶三品 驚雷莢自奉 萱草帶供佛 紫茸香待客 云云〕巨唐尚食羞百珍沁園

后	皇	嘉	樹	配	橘	德
임금 **후**	임금 **황**	아름다울 **가**	나무 **수**	짝지을 **배**	귤나무 **귤**	큰 **덕**

후황(천지의 신)이 아름다운 차나무에 귤나무의 덕을 짝지우니

后	皇	嘉	樹	配	橘	德
后	皇	嘉	樹	配	橘	德

- **后皇**(후황) 황천후토(皇天后土)의 줄인 말. 즉 천지(天地)의 신(神)
- **嘉樹**(가수) 아름다운 나무. 천성이 지극히 깨끗한 차나무를 이름. 육우(陸羽)는 『다경(茶經)』 '일지원(一之源)'에서 "차자(茶者) 남방지가목야(南方之嘉木也)"라 하였다.
- **橘**(귤) 굴원(屈原)은 〈귤송(橘頌)〉에서 귤나무를 남쪽의 아름다운 나무라 하였음. 차나무와 귤나무의 덕을 짝지웠다 함은, 차나무가 그 자체로 아름다울 뿐더러 귤나무의 덕까지 갖추었다는 의미.

受	命	不	遷	生	南	國
받을 수	목숨 명	아니 불	옮길 천	날 생	남녘 남	나라 국

명을 받아 옮기지 않고 남국에서 사네

受	命	不	遷	生	南	國
受	命	不	遷	生	南	國

• 生(생) 살다 혹은 태어나다. 여기서는 남국에서 나고 자람의 의미.

密	葉	鬪	霰	貫	冬	靑
빽빽할 밀	잎 엽	싸움 투	싸라기눈 산	꿰뚫을 관	겨울 동	푸를 청

빽빽한 잎은 싸락눈 이겨내어 겨우내 푸르고

- 鬪霰(투산) 싸락눈과 싸워 이김.
- 貫冬(관동) 겨울을 관통하여. 겨우내.

素	花	濯	霜	發	秋	榮
흴 소	꽃 화	씻을 탁	서리 상	필 발	가을 추	꽃 영

흰 꽃은 서리에 씻기고 가을꽃 피운다네

素	花	濯	霜	發	秋	榮
素	花	濯	霜	發	秋	榮

- 濯霜(탁상)　서리에 씻김. 혹은 서리를 이겨냄.
- 發秋榮(발추영)　가을꽃을 피움.

姑	射	仙	子	粉	肌	潔
시어머니 고	산이름 사	신선 선	어조사 자	가루 분	피부 기	깨끗할 결

(꽃잎은) 막고사산(藐姑射山) 신선의 분 바른 살결처럼 깨끗하고

姑	射	仙	子	粉	肌	潔
姑	射	仙	子	粉	肌	潔

- 姑射山子(고사선자) 『장자(莊子)』의 '소요유(逍遙遊)'편에 나오는 산시성 막고사산(藐姑射山)의 신선.
- 분기결(粉肌潔) 분 바른 살결처럼 깨끗함.

閻	浮	檀	金	芳	心	結
이문 염	뜰 부	박달나무 단	쇠 금	꽃다울 방	마음 심	맺을 결

염부단의 사금 같은 (황금색) 꽃술 맺힌다네

閻	浮	檀	金	芳	心	結
閻	浮	檀	金	芳	心	結

- 閻浮檀金(염부단금) 염부단(閻浮檀)은 산스크리트어 잠부(jambu)나다(nada)의 음사. jambu는 나무 이름이고 nada는 강을 뜻하며, 염부단금은 염부나무 숲 사이로 흐르는 강에서 나는 사금(砂金)을 말한다. 인도 신화에 따르면 이 금은 적황색에 자줏빛 윤이 난다고 한다.

- 芳心(방심) 꽃술. 차꽃의 암술과 수술을 이른다. '염부단금 방심결'을 직역하면 '염부단 사금처럼 꽃술이 맺힌다'는 말이며, 이는 차꽃 꽃술의 황금색을 묘사한 것이다.

茶樹如瓜蘆 葉如梔子
다 수 여 과 로 엽 여 치 자
"차나무는 과로나무와 같고, 잎은 치자와 같다.

花如白薔薇 心黃如金
화 여 백 장 미 심 황 여 금
꽃은 백장미와 같고, 꽃술은 황금과 같다.

當秋開花 淸香隱然云
당 추 개 화 청 향 은 연 운
가을에 개화하며 맑은 향기가 은은하다"고 하였다.

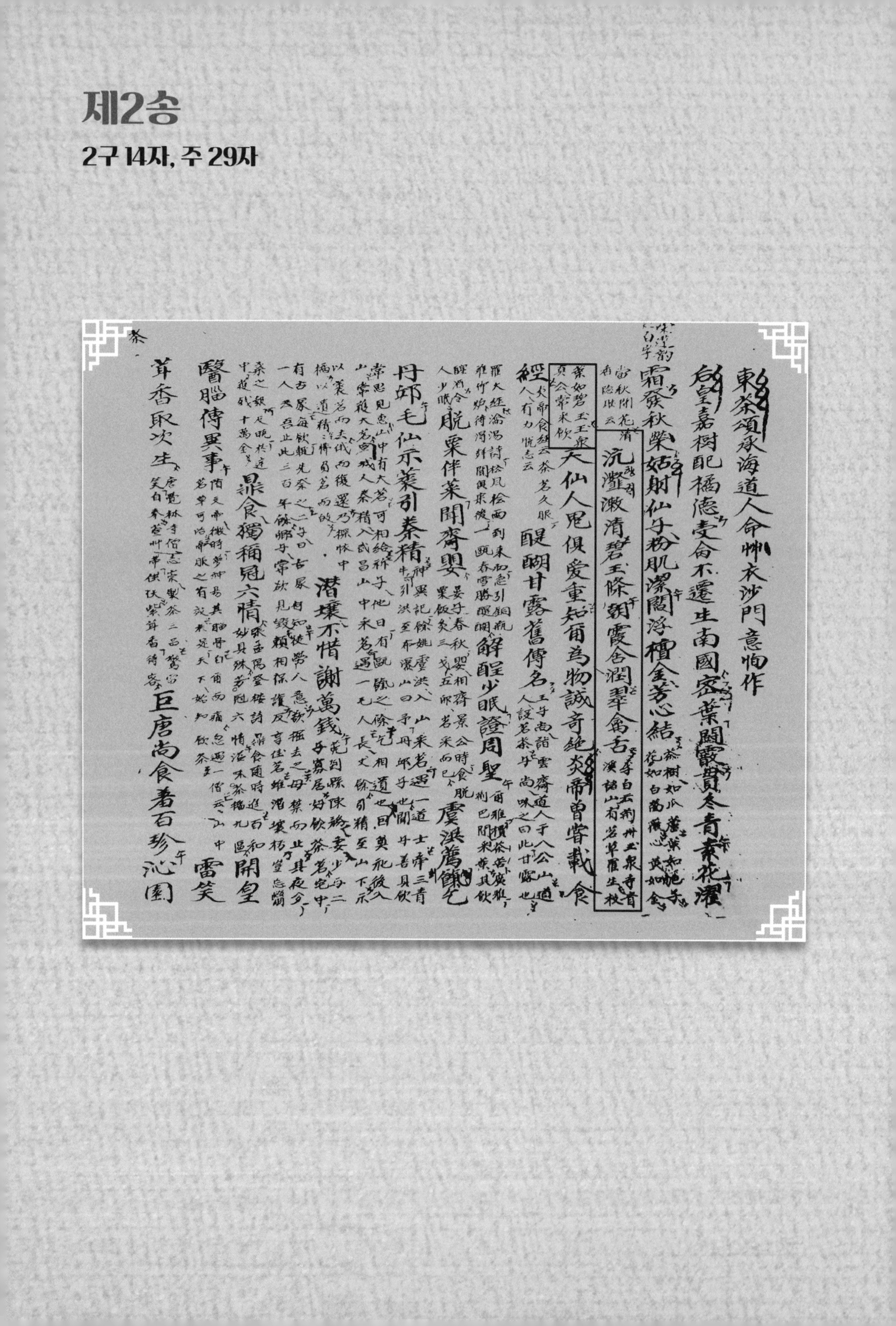

東茶頌承海道人命艸衣沙門意恂作

沆	瀣	漱	淸	碧	玉	條
괸물 항	이슬기운 해	씻을 수	맑을 청	푸를 벽	옥 옥	가지 조

이슬은 벽옥 같은 가지를 맑게 씻어내고

• **沆瀣**(항해) 이슬. 沆(괸물 항)은 물[氵]이 높은 곳에서 흐르지 못하고 맺혀있는 [沆] 모습을 나타내는 글자다. 瀣(이슬기운 해)는 물[氵]이 땅에서 흐르지 못하고 [歹] 또[又] 무리지어[韭] 있는 것이 이슬[瀣]임을 나타내는 글자다.

朝	霞	含	潤	翠	禽	舌
아침 조	노을 하	머금을 함	젖을 윤	비취색 취	날짐승 금	혀 설

아침 안개는 작설(雀舌) 같은 푸른 잎을 흠뻑 적신다네

朝	霞	含	潤	翠	禽	舌
朝	霞	含	潤	翠	禽	舌

- 翠禽舌(취금설) 비취색 새의 혀. 비취색은 찻잎의 연초록을 말하고, 금설은 작설(雀舌, 참새 혀)과 같은 말로 찻잎의 모양을 형용한 것이다. '취'는 찻잎의 색, '금설'은 찻잎의 모양을 묘사한 것이다. 새가 비취색이라거나 그 혀가 비취색이라는 말이 아니다.

李白云 荊州 玉泉寺 淸溪諸山 有茗艸羅生
이백운 형주 옥천사 청계제산 유명초라생

이태백 시에 "형주 옥천사에는 맑은 계곡의 산에 차나무가 널리 야생하고 있다.

枝葉如碧玉 玉泉眞公常采飮
지엽여벽옥 옥천진공상채음

가지와 잎은 벽옥과 같다. 옥천사의 진공스님은 늘 이 찻잎을 채취하여 마셨다"고 하였다.

- 李太白(이태백, 701~762) 당나라 시선(詩仙).
- 荊州(형주) 지금의 후베이성(湖北省).
- 玉泉寺(옥천사) 호북성 당양시 옥천산에 있는 절.

東茶頌 詠海道人命艸衣沙門意恂作

後皇嘉樹配橘德 受命不遷生南國

密葉鬪霰貫冬靑 素花濯霜發秋榮

姑射仙子粉肌潔 閻浮檀金芳心結

沆瀣漱淸碧玉條 朝霞含潤翠禽舌

天仙人鬼俱愛重 知爾爲物誠奇絶 炎帝曾嘗載食經

醍醐甘露舊傳名

解酲少眠證周聖

脫粟伴菜聞齊嬰

丹邱毛仙示藜精

鼎食獨稱冠六淸

醫腦傳異事

潛壤不惜謝萬錢

開皇

茸香取次生

巨唐尙食羞百珍

天	仙	人	鬼	俱	愛	重
하늘 천	신선 선	사람 인	귀신 귀	함께 구	사랑 애	거듭 중

하늘 신선 사람 귀신이 모두 아끼고 사랑하나니

天	仙	人	鬼	俱	愛	重
天	仙	人	鬼	俱	愛	重

• 愛重(애중)　애지중지(愛之重之).

知	爾	爲	物	誠	奇	絶
알 지	너 이	할 위	물건 물	정성 성	기이할 기	뛰어날 절

너의 물건됨이 참으로 기이하고 뛰어남을 알겠구나

炎	帝	曾	嘗	載	食	經
불탈 염	임금 제	일찍 증	맛볼 상	실을 재	먹을 식	책 경

염제(炎帝)가 일찍이 맛보고 『식경(食經)』에 실었다네

炎	帝	曾	嘗	載	食	經
炎	帝	曾	嘗	載	食	經

- 炎帝(염제) 신농(神農, BC 28세기~). 중국 차문화의 시조로 고대 중국 신화에 나오는 불의 신이자 농사의 신이며 삼황(三皇)의 한 사람이다.
- 食經(식경) 염제 신농이 지었다는 식생활의 경전(經典).

炎帝食經云
염 제 식 경 운

염제의 『식경』에 말하였다.

茶茗久服 人有力悅志云
다 명 구 복 인 유 력 열 지 운

"차를 오래 마시면 사람이 힘이 있고 마음이 즐겁다."

염제 신농의 상

東茶頌承海道人命艸衣沙門意恂作

后皇嘉樹配橘德 受命不遷生南國
密葉鬪霰貫冬靑 素花濯霜發秋榮
姑射仙子粉肌潔 閻浮檀金芳心結

沆瀣漱淸碧玉條 朝霞含潤翠禽舌
天仙人鬼俱愛重 知爾爲物誠奇絶 炎帝曾嘗載食

經 人有力悅志云
醒醐甘露舊傳名

解酲少眠證周聖

脫粟伴菜聞齊嬰

潛壤不惜謝萬錢

鼎食獨稱冠六淸 開皇 雷笑

醫膸傳異事

茸香取次生 巨唐尚食著百珍 沁園

醍	醐	甘	露	舊	傳	名
정순한우락제	정순한우락호	달 감	이슬 로	옛 구	전할 전	이름 명

제호(醍醐)와 감로(甘露)는 예부터 전하는 이름이라네

醍	醐	甘	露	舊	傳	名
醍	醐	甘	露	舊	傳	名

- 醍(제) 정순(精醇)한 우락(牛酪), 맑은 술, 불그레한 술. 우락은 버터(butter).
- 醐(호) 정순(精醇)한 우락, 제호.
- 醍醐(제호) 우유를 숙성시켜 만드는 최상의 유제품으로 락(酪), 생수(生酥), 숙수(熟酥) 다음으로 마지막에 나오는 것이 제호(醍醐)다. 제호는 우유를 거듭 정제하고 숙성시켜 만든 가장 정묘하고 순수한 상태로, 오미(五味) 중에서 최상의 맛을 상징한다.
- 甘露(감로) ①달콤한 이슬(옛 중국에서 천하가 태평할 때 하늘에서 내렸다 함). ②생물에게 이로운 이슬. ③[佛] 도리천(忉利天)에 있다는 달콤하고 신령스러운 액체. ④여름에 단풍나무나 떡갈나무 잎에서 떨어지는 달콤한 액즙.

王子尚詣 曇齋道人于 八公山 道人設茗茶
왕 자 상 예 담 재 도 인 우 팔 공 산 도 인 설 명 차

왕(王)자상(子尚)이 팔공산으로 담재도인(曇齋道人)을 찾아갔더니 도인이 차를 대접하였다.

子尚味之 曰 此甘露也
자 상 미 지 왈 차 감 로 야

자상이 차를 맛보고 "이것이 감로구나"라고 하였다.

羅大經 瀹湯詩
나 대 경 약 탕 시

나대경의 약탕시(詩)에

松風檜雨 到來初 急引銅瓶 離竹爐
송 풍 회 우 도 래 초 급 인 동 병 이 죽 로

"물 끓이는 탕관에서 소나무에 스치는 바람 소리와 전나무에 내리는 빗소리가 들리면 급히 동병을 화로에서 내려

待得聲聞 俱寂後 一甌春雪 勝醍醐
대 득 성 문 구 적 후 일 구 춘 설 승 제 호

송풍과 회우가 들리지 않기를 기다린 후에 뜸이 잘 든 찻물로 춘설차 한 잔을 마시니 제호보다 좋다"라고 하였다.

제5송

1구 7자, 주 20자

解	醒	少	眠	證	周	聖
풀 해	숙취 정	적을 소	잠잘 면	증거 증	두루 주	성인 성

숙취(宿醉)를 풀어주고 잠을 쫓아주는 것은 주나라 성인이 증명하였고,

解	醒	少	眠	證	周	聖
解	醒	少	眠	證	周	聖

- 解(해)　원문에는 '觧(해)'로 되어 있다. '解(풀 해)'의 속자.
- 周聖(주성)　고대 주(周)나라 성인. 곧 주공(周公, 약 BC 1100~미상)으로, 성은 희(姬)요 이름은 단(旦)이며, 주나라 창건에 기여하고 관제(冠制)와 문물(文物)을 완비하였다.

爾雅 檟茶苦
이 아　가 다 고
『이아(爾雅)』라는 책에 "가(檟)는 쓴맛의 차"라 하였다.

廣雅 荊巴間 採葉其飮醒酒 令人少眠
광 아　형 파 간　채 엽 기 음 성 주　영 인 소 면
『광아(廣雅)』에는 "형주와 파주 사이에서 찻잎을 따서 (차로) 마시는데, 술을
　깨고 하고 사람에게 잠을 적게 한다"고 하였다.

- 『爾雅(이아)』　주공(周公)이 쓴 천문지리, 음악, 초목, 조수 등과 관련된 고금의 문자를 설명한 책.

- 『廣雅(광아)』　삼국시대 위(魏)나라 사람 장읍(長揖)이 『이아(爾雅)』의 내용을 증보(增補)한 책.

- 荊(형)　현주(荊州). 호북성(湖北省)의 서부 지역.

- 巴(파)　파주(巴州). 사천성(四川省)의 동부 지역.

- 令(령)　하여금 령(영). 영인(令人)은 '사람으로 하여금'의 뜻.

茶

東茶頌　承海道人命艸衣沙門意恂作

后皇嘉樹配橘德　受命不遷生南國
〔茶樹如瓜蘆　葉如梔子　花如白薔薇　心黃如金　當秋開花　清香隱然云　陸羽茶經云〕

密葉鬪霰貫冬青　素花濯霜發秋榮
〔李白云荊州玉泉寺青溪諸山有茗草羅生枝葉如碧玉〕

姑射仙子粉肌潔　閻浮檀金芳心結

沆瀣漱清碧玉條　朝霞含潤翠禽舌

天仙人鬼俱愛重　知爾爲物誠奇絕

炎帝曾嘗載食經
〔火帝食經云茶茗久服人有力悅志云〕
醍醐甘露舊傳名
〔王子尚詣曇濟道人于八公山道人設茶茗尚味之曰此甘露也〕

解酲少眠證周聖
〔爾雅檟苦茶……廣雅荊巴間采葉其飲醒酒令人少眠〕

脫粟伴菜聞齊嬰
〔晏子春秋嬰相齊景公時食脫粟飯炙三戈五卵茗采而已〕

虞洪薦犧乞丹邱
〔神異記餘姚虞洪入山采茗遇一道士牽三青牛引洪至瀑布山曰予丹邱子也聞子善具飲常思見惠山中有大茗可相給祈子他日有甌犧之餘乞相遺也洪因設奠祀後入山常獲大茗〕

丹邱毛仙示藥引薤精

潛壤不惜謝萬錢
〔異苑剡縣陳務妻少與二子寡居好飲茶茗宅中有古塚每飲輒先祀之二子患之曰古塚何知徒勞人意欲掘去之母苦禁而止其夜夢一人云吾止此塚三百餘年卿二子常欲見毀賴相保護反享佳茗雖潛壤朽骨豈忘翳桑之報及曉於庭中獲錢十萬似久埋者但貫新耳〕

鼎食獨稱冠六情
〔張孟陽登成都樓詩鼎食隨時進百和妙且殊芳茶冠六情溢味播九區〕

開皇醫腦傳異事
〔隋文帝微時夢神易其腦骨自爾腦痛忽遇一僧云山中有茗草煮而飲之天下始知飲茶〕

雷笑茸香取次生
〔唐覺林寺僧志崇製茶三品驚雷笑自奉萱草帶供佛紫茸香待客〕

巨唐尚食羞百珍　沁園〔午〕

脫	粟	伴	菜	聞	齊	嬰
벗을 탈	조 속	짝 반	나물 채	들을 문	같을 제	갓난아이 영

거친 밥, 차나물 반찬은 제(齊)나라 안영(晏嬰)에게 들었다네

脫	粟	伴	菜	聞	齊	嬰
脫	粟	伴	菜	聞	齊	嬰

• 탈속(脫粟) 겉껍질만 벗긴 거친 현미밥. 조, 오곡의 총칭, 벼, 찧지 아니한 곡식.

晏子春秋
안 자 춘 추
『안자춘추』라는 책에

嬰相齊景公時
영 상 제 경 공 시
"안영(晏嬰)이 제(齊)나라 경공(景公) 당시 재상으로 있을 때

食脫粟飯 炙三戈 五卵 茗菜而已
식 탈 속 반 구 삼 과 오 란 명 채 이 이
겉껍질만 벗긴 거친 밥에 구운 고기 세 꼬치와 새알 다섯 개와 차나물만 먹
었다"고 하였다.

- 晏子春秋(안자춘추) 안영(晏嬰)의 언행을 후세 사람들이 적은 책 이름.

- 제경공(齊景公) 제(齊)나라 임금 경공(景公, BC 547~490)

東茶頌承海道人命艸衣沙門意恂作

后皇嘉樹配橘德 受命不遷生南國

密葉鬪霰貫冬青 素花濯霜發秋榮

姑射仙子粉肌潔 閻浮檀金芳心結

沉凝灝清碧玉條 蒸潤翠禽舌

天仙人鬼俱愛重 知爾為物誠奇絶

炎帝曾嘗載食經 醍醐甘露舊傳名

解醒少眠證周聖 脫粟伴菜聞齊嬰

丹邱毛仙示茗引茶精

潛壤不惜謝萬錢 鼎食獨稱冠六情

醫腦傳異事 開皇雷笑

茸香取次生 巨唐尚食著百珍沁園

虞	洪	薦	犧	乞	丹	邱
헤아릴 우	큰물 홍	천거할 천	희생 희	빌 걸	붉을 단	언덕 구

우홍(虞洪)은 (차를) 구걸하는 단구자에게 제(祭)를 올렸고

虞	洪	薦	犧	乞	丹	邱
虞	洪	薦	犧	乞	丹	邱

- 丹邱(단구) 단구(丹丘)와 같은 말로, 단구라는 이름의 땅에 산다는 신선 단구자(丹邱子)를 가리킴.
- 乞丹邱(걸단구) '걸(乞)'은 단구자가 차를 달라고 했으므로 붙은 관형어로, '걸단구'는 '(차를) 구걸한 단구자'의 의미. 우홍이 단구자에게 구걸한 것으로 보는 해석이 있으나, 단구자가 우홍에게 차를 구걸한 것이다.

毛	仙	示	蘉	引	秦	精
털 모	신선 선	보일 시	총	끌 인	나라이름 진	자세할 정

모선(毛仙)은 진정(秦精)을 이끌어 (차나무) 숲을 보여주었지

毛	仙	示	蘉	引	秦	精
毛	仙	示	蘉	引	秦	精

- 毛仙(모선) 수염이 긴 신선.
- 蘉(총) 대체로 蘧(잔풀 총)으로 본다. 본래 음은 '구'이나 '총'으로도 읽는다.

神異記
신 이 기
(前漢의 설화 책인)『신이기(神異記)』에,

餘姚 虞洪 入山採茗 遇一道士 牽三靑牛
여요 우홍 입산채명 우일도사 견삼청우

여요(餘姚) 사람 우홍(虞洪)이 산에 들어가 차를 따다가 우연히 푸른 소 세 마리를 거느리는 도사를 만났는데

引洪至布瀑山 曰 予 丹邱子也
인홍지포폭산 왈 여 단구자야

우홍을 데리고 폭포산(瀑布山)에 이르자 말하기를, "나는 단구자(丹丘子)라 하오.

聞 子善具飮 常思見 惠山中有大茗 可相給
문 자선구음 상사견 혜산중유대명 가상급

듣자 하니 그대가 마실 것을 잘 갖춘다기에 항상 만나기를 생각했소. 혜산 에는 큰 차나무가 있으니 가히 서로 넉넉할 것이오.

祈子 他日有甌犧之餘 乞相遺也
기자 타일유구희지여 걸상유야

그대에게 바라건대 다음에 차 올릴 때 여유가 있다면 나에게도 남겨주길 바라오"라 하였다.

因奠祀後 入山常獲大茗
인 전 사 후 입산상획대명

이 인연으로 (신선에게 차로) 제사를 지낸 후 산에 들어가면 항상 많은 차를 채취하였다.

宣城人秦精 入武昌山中採茗
선 성 인 진 정 입 무 창 산 중 채 명

『속수신기(續搜神記)』에 진무제(晉武帝)때] 선성(宣城) 사람 진정(秦精)이 무창산
(武昌山)에서 차를 채취하다가

遇一毛人 長丈餘 引精至山下 示以藂茗而去
우 일 모 인 장 장 여 인 정 지 산 하 시 이 총 명 이 거

수염이 많고 키가 매우 큰 신선을 만났는데, 진정을 안내하여 산 아래 (차나
무) 숲을 보여주고 돌아갔다,

俄而復還 乃探懷中橘以遺精 精怖 負茗而皈
아 이 복 환 내 탐 회 중 귤 이 유 정 정 포 부 명 이 귀

그런데 갑자기 다시 와서 품에서 귤을 꺼내어 진정에게 주었다. 진정은 놀
라서 차를 등에 짊어지고 돌아왔다.

• 續搜神記(속수신기) 『수신기(搜神記)』는 진(晉)나라의 역사를 간보(干寶)가 지은 소설집으로, 주
  로 귀신, 영혼, 신선, 점복(占卜), 기현상, 흉조 따위의 신기한 고사를 기록한 책이다. 이 『수신기』
  의 뒤를 이어 도연명(陶淵明)이 지은 책이 『속수신기(續搜神記)』이다. 여기에 진정(秦精)과 모선
  (毛仙)의 이야기가 실려 있다.

東茶頌　承海道人命　艸衣沙門意恂作

后皇嘉樹配橘德　受命不遷生南國
密葉鬪霰貫冬青　素花濯霜發秋榮
〔茶樹如瓜蘆　葉如梔子　花如白薔薇　心黃如金　當秋開花　清香隱然云〕
姑射仙子粉肌潔　閻浮檀金芳心結
〔李白云　荊州玉泉寺眞公　茗草羅生　枝葉如碧玉　玉泉眞公常采飲〕
沆瀣漱清碧玉條　朝霞含潤翠禽舌
天仙人鬼俱愛重　知爾爲物誠奇絕
炎帝曾嘗載食經　醍醐甘露舊傳名
〔炎帝食經云　茶茗久服　人有力悅志〕
〔王子尚詣曇濟道人于八公山　道人設茶茗　子尚味之曰　此甘露也〕
解酲少眠證周聖　脫粟伴菜聞齊嬰
〔爾雅　檟苦荼　荊巴間採葉　其飲醒酒令人少眠〕
〔晏子春秋　嬰相齊景公時　食脫粟之飯　炙三戈五卵　茗菜而已〕
虞洪薦犧乞丹邱　毛仙示叢引盧仝
〔神異記　餘姚虞洪入山采茗　遇一道士　牽三青牛　引洪至瀑布山曰　予丹邱子也　聞子善具飲　常思見惠　山中有大茗　可以相給　祈子他日有甌犧之餘　乞相遺也　洪因立奠祀　後入山　常獲大茗〕
潛壤不惜謝萬錢　鼎食獨稱冠六情
〔陳務妻　少與二子寡居　好飲茶茗　以宅中有古塚　每飲輒先祀之　二子曰　古塚何知　徒以勞意　欲掘去之　母苦禁而止　其夜夢一人云　吾止此塚三百年餘　卿二子恒欲見毀　賴相保護　反享佳茗　雖潛壤朽骨　豈忘翳桑之報　及曉　於庭中獲錢十萬金〕
開皇醫腦傳異事　雷笑茸香取次生
〔隋文帝微時　夢神易其腦骨　自爾腦痛　忽遇一僧云　山中有茗草　煮而飲之當愈　帝服之有效　天下始知飲茶〕
巨唐尚食羞百珍　沁園
〔唐覺林寺僧志崇　製茶三品　驚雷莢自奉　萱草帶供佛　紫茸香待客〕

潛	壤	不	惜	謝	萬	錢
자맥질할 잠	흙 양	아니 불	아낄 석	사례할 사	일만 만	돈 전

땅속에 묻힌 귀신도 (차를 대접받고) 만전(萬錢)을 사례하기를 아끼지 않았다네.

潛	壤	不	惜	謝	萬	錢
潛	壤	不	惜	謝	萬	錢

- 潛壤(잠양) 잠양후골(潛壤朽骨)의 준말. 땅에 묻힌 귀신. 앞의 7송에서는 '신선' 들이 차를 좋아함을 말하였고, 여기 8송에서는 '귀신'도 차를 사랑함을 고사를 들 어 설명한다.

異苑 剡懸 陳務妻 少與二子寡居 好飮茶茗
이 원 섬 현 진 무 처 소 여 이 자 과 거 호 음 다 명
『이원(異苑)』이란 책에, 섬현에 사는 진무의 아내가 젊어서 과부가 되었는데
두 아들과 살면서 차 마시는 것을 좋아했다.

宅中有古塚 每飮輒先祭之
택 중 유 고 총 매 음 첩 선 제 지
집안에 옛 무덤이 있어서 차를 마실 때마다 늘 먼저 무덤에 차를 올렸다.

二子曰 古塚何知 徒勞人意 欲掘去之 母禁而止
이 자 왈 고 총 하 지 도 로 인 의 욕 굴 거 지 모 금 이 지
두 아들이 말하기를 "옛 무덤이 무엇을 알겠습니까? 부질 없는 수고입니다"
라면서 무덤을 파헤치려 하자 어머니가 만류하여 훼손하지 못하게 하였다.

其夜夢一人云 吾止此三百年餘 卿子 常欲見毀
기 야 몽 일 인 운 오 지 차 삼 백 년 여 경 자 상 욕 견 훼
그날 밤 꿈에 어떤 사람이 나타나 "나는 여기서 삼백여 년을 묻혀 있었소.
당신의 두 아들이 항상 무덤을 헐고자 하였는데

賴相保護 反享佳茗 雖潛壤朽 豈忘翳桑之報
뢰 상 보 호 반 향 가 명 수 잠 양 후 기 망 예 상 지 보
(당신이) 보호해 주고 또한 좋은 차까지 주었소. (내가) 비록 땅속에 묻힌 썩
은 뼈이지만, 예상(翳桑)의 은혜를 어찌 잊으리오"라고 하였다.

及曉於庭中 獲錢十萬金
급 효 어 정 중 획 전 십 만 금
새벽에 뜰에서 십만 금을 얻었다.

- 異苑(이원)　남송(南宋) 송문제 3년(420)에 지은 요괴담(妖怪談) 책.
- 剡懸(섬현)　절강성에 있는 현.
- 徒勞人意(도로인의)　여기서 도(徒)는 '헛되이, 보람없이'의 뜻이다. 따라서 도로(徒勞)는 '헛수고'의 의미이고, 도로인의(徒勞人意)는 '사람의 뜻이 헛된 노력이 될 뿐이다'라는 말이다.
- 翳桑之報(예상지보)　『춘추좌전』에 실린 고사. 진나라 대부 조순(趙盾)이 예상이란 곳에서 굶어 죽게 된 영첩(靈輒)과 그 어미를 구해주었는데, 나중에 조순이 사형을 당하게 되었을 때, 관군이 되어 있던 영첩이 창을 거꾸로 들고 그를 찔러 몰래 살려주었다고 한다.

東茶頌 承海道人命艸衣沙門意恂作

后皇嘉樹配橘德 受命不遷生南國
〔茶樹如瓜蘆 葉如梔子 花如白薔薇 心黃如金 當秋開花 清香隱然云〕

密葉鬪霰貫冬青 素花濯霜發秋榮

姑射仙子粉肌潔 閻浮檀金芳心結
〔李白云 荊州玉泉寺眞公 … 演諸山有茗草羅生 枝如碧玉條〕

沆瀣漱清碧玉條 朝霞含潤翠禽舌

天仙人鬼俱愛重 知爾爲物誠奇絶
〔炎帝食經云 茶茗久服 令人有力悦志云〕
〔王子尚詣雲濟道人于八公山 道人設茗茶 子尚味之曰 此甘露也〕

炎帝曾嘗載食經 醍醐甘露舊傳名

解酲少眠證周聖 虞洪薦犧乞丹邱
〔晏子春秋 嬰相齊景公時 食脫粟之飯 炙三戈五卵 茗菜而已〕
〔神異記 餘姚人虞洪 入山采茗 遇一道士牽三青牛 引洪至瀑布山曰 予丹邱子也 聞子善具飲 常思見惠 山中有大茗 可相給 祈子他日有甌犧之餘 乞相遺也 因立奠祀 後入山常獲大茗〕

脫粟伴菜聞齊嬰

毛仙示叢引藥精
〔宣城人秦精 常入武昌山中采茗 遇一毛人 長丈餘 引精至山下 示以叢茗而去 俄而復還 乃探懷中橘以遺精〕

潛壤不惜謝萬錢
〔剡縣陳務妻 少與二子寡居 好飲茶茗 宅中有古塚 每飲輒先祭之 二子欲掘去之 母禁而止 其夜夢 … 見毅 顯相保護 … 獲錢十萬〕

鼎食獨稱冠六情
〔張孟陽登樓詩 鼎食隨時進 百和妙具殊 芳冠六情 溢味播九區〕

開皇醫腦傳異事
〔隋文帝微時 夢神易其腦骨 自爾腦痛 忽遇一僧云 山中茗草可治 帝服之有效 世因謂之 天下始知飲茶〕 雷笑

巨唐尚食羞百珍 沁園
〔唐覺林寺僧志崇製茶三品 驚雷笑自奉 萱草帶供佛 紫茸香待客〕

茸香取次生

鼎	食	獨	稱	冠	六	情
솥 정	밥 식	홀로 독	일컬을 칭	갓 관	여섯 육	뜻 정

모든 음식 가운데 홀로 육정(六情)의 으뜸이라 칭하네.

鼎	食	獨	稱	冠	六	情
鼎	食	獨	稱	冠	六	情

- 鼎食(정식) 귀인과 부자들의 음식. 오정식은 쇠고기[牛], 양고기[羊], 돼지고기[豕], 생선[魚], 사슴고기[鹿]이다. 여기서는 모든 음식.
- 六情(육정) 사람의 6가지 감정. 희(喜)·노(怒)·애(哀)·락(樂)·애(愛)·오(惡)

長孟陽 登樓詩
장 맹 양 등 루 시
장맹양이 지은 〈등루〉시에

鼎食隨時進 百和妙具殊
정 식 수 시 진 백 화 묘 구 수
"제후(諸侯)들의 상차림에 산해진미 가득하고 온갖 요리 그 맛이 절묘하고
뛰어난데,

芳冠六情 溢味播九區
방 관 육 정 일 미 파 구 구
향기로운 차는 6정 다스림에 으뜸이니, 넘치는 맛은 천하에 퍼지네"라고 하
였다.

- 長孟陽(장맹양) 서진(西晉) 무제(武帝, 재위 263~ 290) 때의 문인.
- 登樓詩(등루시) 〈등성도백토루(登城都白兔樓)〉라는 시. 성도(城都)의 백토루(白兔樓)에 올라 지
  은 시로, 백토루는 촉나라 도읍(지금의 사천성)을 한눈에 내려다볼 수 있는 누각.
- 百和(백화) 온갖 맛있는 진수성찬(珍羞盛饌).
- 妙具殊(묘구수) 묘하고 또 뛰어나다.
- 九區(구구) 후한(後漢) 제1대 세조(世祖) 광무황제(光武皇帝, 재위 24~57) 때 천하를 아홉으로
  나눈 것. 온 세상, 천하의 뜻.

東茶頌　承海道人命　艸衣沙門意恂作

后皇嘉樹配橘德　受命不遷生南國
〔茶樹如瓜蘆，葉如梔子，花如白薔薇，心黃如金，當秋開花，淸香隱然云。李白云，荊州玉泉寺淸溪諸山有茗草羅生，枝葉如碧玉，玉泉眞公常采飮。〕
密葉鬪霰貫冬靑　素花濯霜發秋榮
姑射仙子粉肌潔　閻浮檀金芳心結
沆瀣漱淸碧玉條　朝霞含潤翠禽舌
天仙人鬼俱愛重　知爾爲物誠奇絶
炎帝曾嘗載食經〔炎帝食經云，茶茗久服，令人有力悅志云。〕
醍醐甘露舊傳名〔王子尙詣曇濟道人于八公山，道人設茶茗，子尙味之曰，此甘露也。〕
解酲少眠證周聖〔爾雅，檟苦茶，廣雅，荊巴間采葉，其飮醒酒令人少眠。〕
脫粟伴菜聞齊嬰〔晏子春秋，嬰相齊景公時，食脫粟之飯，炙三弋五卵，茗菜而已。〕
丹邱羽仙示藥引嘉精〔神異記，餘姚人虞洪，入山採茗，遇一道士，牽三青牛，引洪至瀑布山曰，予丹邱子也，聞子善具飮，常思見惠，山中有大茗，可以相給，祈子他日有甌犧之餘，乞相遺也，洪因立奠祀，後入山常獲大茗。〕
潛壤不惜謝萬錢〔剡縣陳務妻少與二子寡居，好飮茶茗，宅中有古塚，每飮輒先祀之，二子曰，古塚何知，徒勞人意，欲掘去之，母禁而止，其夜夢一人曰，吾止此塚三百餘年，卿二子常欲見毀，賴相保護，又享佳茗，雖潛壤朽骨，豈忘翳桑之報，及曉於庭中獲錢十萬。〕
鼎食獨稱冠六情〔張孟陽登樓詩，鼎食隨時進，百和妙且殊，芳茶冠六情，溢味播九區。〕
〔開皇〕醫腦傳異事〔隋文帝微時，夢神易其腦骨，自爾痛，僧云，山中有茗草，煮服之，遂愈，天下始知飮茶。〕
〔雷笑〕茸香取次生〔唐覺林寺僧志崇製茶三品，驚雷莢自奉，萱草帶供佛，紫茸香待客。〕
巨唐尙食著百珍沁園

開	皇	醫	腦	傳	異	事
열 개	임금 황	치료할 의	머리 뇌	전할 전	기이할 이	일 사

수(隨)나라 문제(文帝)의 두통을 (차로) 치료한 신기한 일 전하고

開	皇	醫	腦	傳	異	事
開	皇	醫	腦	傳	異	事

- 개황(開皇)　개국황제(開國皇帝). 수(隨)나라 문제(文帝, 재위 581~604년)를 말한다.
- 醫腦(의뇌) : 뇌를 고침. 곧 두통을 치료함.
- 異事(이사) : 신이한 일, 곧 차가 수문제의 두통을 고친 일.

隋文帝 微時夢 神易其腦骨 自爾而痛
수 문 제 미 시 몽 신 역 기 뇌 골 자 이 이 통

수나라 문제가 황제가 되기 전에 꿈을 꾸었는데, 귀신이 그의 뇌를 바꾸었다. 이때부터 앓게 되었다.

忽遇一僧云 山中茗草可治 帝服之有效
홀 우 일 승 운 산 중 명 초 가 치 제 복 지 유 효

홀연히 한 스님을 만났는데 말하기를, "산중 명초(茗草)가 치료할 수 있다"고 하여 문제가 그것을 마셨더니 효험이 있었다.

於是天下 始知飮茶
어 시 천 하 시 지 음 다

이로부터 천하가 처음으로 음다를 알게 되었다.

- 微時(미시) 황제로 등극하기 전
- 自爾(자이) 이때부터

茶

東茶頌承海道人命艸衣沙門意恂作

后皇嘉樹配橘德 受命不遷生南國 密葉鬪霰貫冬青 素花濯
霜發秋榮 姑射仙子粉肌潔 閻浮檀金芳心結
沆瀣漱淸碧玉條 朝霞含潤翠禽舌
天仙人鬼俱愛重 知爾爲物誠奇絶 炎帝曾嘗載食
經 醍醐甘露舊傳名
解酲少眠證周聖
脫粟伴菜聞齊嬰 虞洪薦犧毛
丹邱毛仙宗藥引蕤精
潛壤不惜謝萬錢
鼎食獨稱冠六淸
開皇
醫腦傳異事
雷笑
茸香取次生
巨唐尙食羞百珍
沁園

雷	笑	茸	香	取	次	生
우레 뇌	웃을 소	녹용 용	향기 향	취할 취	버금 차	날 생

뇌소(雷笑)와 용향(茸香)이란 차가 차례로 나왔네.

雷	笑	茸	香	取	次	生
雷	笑	茸	香	取	次	生

• 雷笑(뇌소), 茸香(용향) 차의 이름.

唐 覺林寺 僧志崇 製茶三品
당 각림사 승지숭 제다삼품
당나라 각림사 지숭 스님이 세 종류의 차를 만들어

驚笑自奉 萱草帶供佛 紫茸香待客云
경소자봉 훤초대공불 자용향대객운
'경소(驚笑)차는 스님이 드시고, 훤초대(萱草帶)는 부처님께 공양하고, 자용향(紫茸香)은 손님에게 대접했다'고 한다.

- 僧志崇(승지숭) 대체로 '승려 지숭'이라고 본다. 그러나 이렇게 해석하면 이 구절의 마지막 글자인 '운(云)'의 주어가 없으므로, 『승지』라는 기록'에 의하면, '숭(崇) 스님은'이라고 보기도 한다. 이렇게 읽으면 마지막 '운(云)'의 주어는 '승지'라는 기록물이 된다.

- 驚笑(경소)~待客(대객) 이 구절의 표기는 이본마다 매우 다양하여 해석도 복잡하다. 그런데 중국의 기록들을 참조하면 세 가지 종류의 차는 '경뇌협(驚雷莢), 훤초대(萱草帶), 자용향(紫茸香)'이고, 경뇌협은 '손님 접대'에, 훤초대는 '스님 자신의 음다'에, 자용향은 '불공(佛供)'에 썼다고 한다. 다예관본을 비롯한 우리나라의 기록들은 이와 전혀 다른데, 초의스님 이후 필사 과정에서 와전된 것으로 보인다. 여기 나오는 경소(驚笑)는 '경뇌협'의 오기이다. 앞서 나온 본문의 '뇌소' 역시 '뇌협' 즉 '경뇌협'의 오기로 볼 수 있다. 그러나 '경소(驚笑)' 또는 '뇌소(雷笑)'차가 별도로 있었을 것이라는 주장도 있으므로 여기서는 원본 표기를 그대로 두었다.

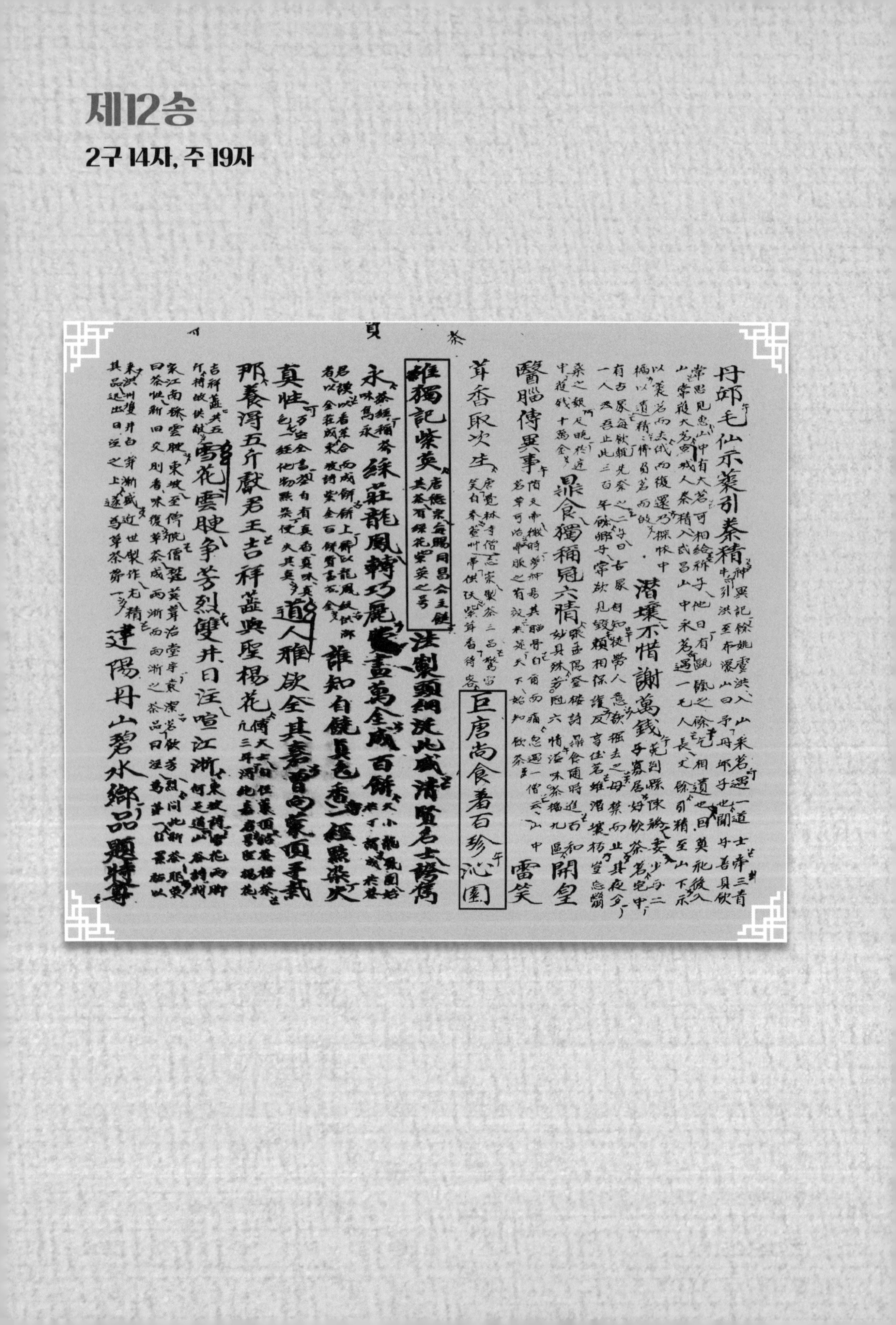

제12송

2구 14자, 주 19자

丹邱毛仙示藥引萎精

潛壞不惜謝萬錢

鼎食獨稱冠六精

道人雅欲全其嘉

那養得五斤獻君王吉祥蕊與聖楊花

雪花雲腴爭芳烈雙井日注喧江浙

達陽丹山碧水鄉品題特尊

雖獨記紫英

巨唐尚食著百珍

巨	唐	尚	食	羞	百	珍
클 거	당나라 당	오히려 상	밥 식	음식 수	일백 백	보배 진

큰 당나라 상식(尚食)에는 백 가지 진수성찬 가득하지만

• 尚食(상식) 황제의 식사를 관장하는 관리 혹은 관청. '거당상식'은 거대 제국 당나라 황제의 식탁이라는 의미.

沁	園	唯	獨	記	紫	英
스며들 심	동산 원	오직 유	홀로 독	기록할 기	자줏빛 자	꽃부리 영

심원은 유독 자영차만 기록했네

沁	園	唯	獨	記	紫	英
沁	園	唯	獨	記	紫	英

• 沁園(심원) 후한 명제(明帝, 재위 57~75)의 딸인 심수공주(沁水公主)의 원림(園林).

唐 德宗 每賜同昌公主饌
당 덕 종 매 사 동 창 공 주 찬
당나라 덕종은 매번 동창공주에게 찬을 내렸는데

其茶有 綠花紫英之號
기 다 유 녹 화 자 영 지 호
그 차에 녹화차(綠花茶)와 자영차(紫英茶)의 이름이 있었다.

維獨記紫英

綠莊龍鳳轉巧麗 碾盡萬金成百餅

誰知自饒眞色香 一經點染失眞火

道人雅欲全其嘉 曾向蒙頂手親栽

真性

所養得五斤獻君王吉祥

雪花雲腴爭芳烈 雙井日注喧江浙

那養得五斤獻君王吉祥 蓋與聖楊花

雲潤月

連陽丹山碧水鄉 品題特尊 東國所産元相同

色香氣味論一功 陸安之味蒙山藥 古人高判兼兩宗

遠童振枯神驗速 八耋顔如夭桃紅

我有乳泉把成秀碧百壽湯 何以持歸

木覓山前獻海翁

法	製	頭	綱	從	此	盛
법 법	지을 제	머리 두	벼리 강	좇을 종	이 차	왕성할 성

두강차를 법제하니, 이로부터 (제다법이) 성해져서

• 두강(頭綱) 두강차. 이른 봄에 제일 먼저 만들어 왕실에 바치던 차.

清	賢	名	士	誇	寯	永
맑을 청	어질 현	이름 명	선비 사	자랑할 과	준걸 준	길 영

청현명사(清賢名士)들이 준영(寯永)이라 자랑했네

清	賢	名	士	誇	寯	永
清	賢	名	士	誇	寯	永

• 준영(寯永) 지극히 맛있는 차.

茶經 稱茶味 雋永
다 경 칭 다 미 준 영
『다경(茶經)』에 차의 맛을 준영(雋永)이라 하였다.

제14송

2구 14자, 주 45자

綠莊龍鳳轉巧麗 費盡萬金成百餅

〈雖獨記紫英 唐德宗每賜同昌公主饌 羞茶有綠花紫英之號〉

〈永味烏永 茶筵稻菱〉

〈法製頭綱柒此威清覽名上醬隅〉

〈尼謨以香藥合而成餅 餅上龬以龍鳳紋伏 者以金莊成來 被謂紫金百餅 質盡金交〉

〈大小龍鳳團始于丁湖威水蕎〉

誰知自健真色香一經點染失真性

〈巳七一經他物點染 便失其真矣〉

道人雅欲全其嘉曾甫蒙頂真載

那養得五斤獻君王吉祥蕋與聖楊花

〈吉祥蕋共五斤 將故供獻之〉

雪花雲腴爭芳烈雙井日注喧江浙

〈家江南絲雲腴 東坡至儓桄 僧廷英耷治堂 辛袞潔茗歓芳烈 間此新茶耶東 日茶惟新回父則香味復華 茶成兩浙而兩浙之茶品曰注烏甚于曰注〉

〈東坡詩雪花兩浙何足道 山谷詩補〉

建陽丹山碧水鄉品題特尊 東國所產元相同

雲澗月

〈逊濟間覽建安茶爲天下第一 孫樵送茶焦 刑部曰晩甘候十五人 建陽丹山碧水之鄕月澗雲〉

〈龍芝品傾句賊用晩甘候 茶名茶山先生 始起母雲嵓二作晴天午眠勒醒明月難二 於碧相麥 東國所產元相同〉

色香氣味論一功陸安之味蒙山藥古人高判黛兩宗茶

〈記云或起束茶之効不及越産也 余觀之色香氣味小無差異 茶書云陸安茶 君有孕蟄皇陸安味以勝蒙山茶以葉勝束茶蓋兼之〉

木覓山前獻海翁

〈蘇廙著十六湯品 李此茗香消異于他以能 還童振枯而令人長壽 蘇廙著十六湯品 茶三日百壽湯人過百息水通十 浙戒以話俱或以事府如取月之湯巳生性矢畋問皤〉

綵	莊	龍	鳳	轉	巧	麗
비단 채	꾸밀 장	용 용	봉황새 봉	더욱 전	공교할 교	고울 려

용봉단(龍鳳團) 비단 장식 더욱더 정교하고 화려하니

綵	莊	龍	鳳	轉	巧	麗
綵	莊	龍	鳳	轉	巧	麗

- 龍鳳團(용봉단) 송나라 때 건안(建安, 지금의 복건성) 지방의 어용(御用) 다원에서 만들어 궁중에 진상하던 단차(團茶)로, 포장 장식에 용(龍)이나 봉황(鳳凰) 무늬를 새긴 것이다.
- 轉(전) 더욱더. 한층 더.

費	盡	萬	金	成	百	餅
쓸 비	다할 진	일만 만	쇠 금	이룰 성	일백 백	떡 병

만금(萬金)의 비용으로 백 개의 떡차 만들었네.

大小龍鳳團 始於丁謂 成於蔡君謨
대 소 용 봉 단 시 어 정 위 성 어 채 군 모
크고 작은 용봉단차는 정위(丁謂)가 만들기 시작하여 채군모[蔡襄]에서 완성
되었다.

以香藥合而成餠 餠上飾以龍鳳紋
이 향 약 합 이 성 병 병 상 식 이 용 봉 문
향과 약을 섞어 떡차를 만들고, 그 위에 용과 봉황 무늬를 장식하였다.

供御者 以金莊成
공 어 자 이 금 장 성
임금께 올리는 차는 금(金)으로 장식하였다.

東坡時 紫金百餠費万金
동 파 시 자 금 백 병 비 만 금
소동파 시에 "자금(紫金)으로 꾸민 떡차 백 개는 비용이 만전(萬錢)이다"라고
했다.

- 丁謂(정위) 962~1033. 송나라 사람. 강소성에서 출생하여 진종(眞宗, 재위 997~1022) 때 옥청
  소응궁(玉淸昭應宮)을 세워 후에 진공(晉公)에 봉해졌으며, 복건성(福建省) 전운사(轉運使)로 있을
  때 건안(建安)의 공다소(貢茶所) 차밭과 차 공장, 기구, 채다(採茶)와 제다법(製茶法) 등을 기록한
  『건안다록(建安茶錄)』 3권을 저술하였다.

- 蔡君謨(채군모) 채양(蔡襄, 1012~1067). 북송 때 사람으로 『다록(茶錄)』의 저자. 복건성에서 출
  생하여 19세에 진사가 되어 인종(仁宗, 재위 1022~1063)의 하명으로 『다록』을 지어 바치고 군모
  (君謨)라는 자(子)를 하사받았다.

- 東坡(동파) 소동파(蘇東坡, 1036~1101). 북송의 문인. 사천성에서 태어나 22세에 진사가 되었고,
  왕안석의 신법을 반대하다가 황주(黃州)로 유배 생활을 했으며, 당송 8대가 중의 한 사람이다.

제15송

2구 14자, 주 23자

維獨記紫英 法製頭綱泛地城 淸賢名士誇

永 綠莊龍鳳轉巧麗 畫萬金成百餠

真性 道人雅欲全其嘉實 向蒙頂手栽

誰知自健真色香 一經點染失真味

那養得五斤獻君王 吉祥蕊與聖楊花

雪花雲腴爭芳烈 雙井日注喧江淅

蓮陽丹山碧水鄉 品題特尊

東國所産元相同

色香氣味論一功

陸安之味蒙山藥 古人高判魚兩宗

雲澗月

遠童振枯神驗速 八耋顔如夭桃紅

我有乳泉把成秀碧百壽湯 何以將歸

木覓山前獻海翁

誰	知	自	饒	眞	色	香
누구 수	알 지	스스로 자	넉넉할 요	참 진	빛 색	향기 향

뉘 알랴? (차는) 스스로 참된 색과 향 넉넉하나

一	經	點	染	失	眞	性
한 일	십조 경	점 점	물들일 염	잃을 실	참 진	성품 성

조금이라도 더렵혀 오염되면 참된 성품 잃는다네.

一	經	點	染	失	眞	性
一	經	點	染	失	眞	性

- 一經點(일경)　10조 분의 1(1/10,000,000,000,000). 눈곱만큼.
- 點染(점염)　'點(점)'은 '(점을 찍어) 더럽히다'의 의미이니, '點染(점염)'은 '더럽게 물들임', 즉 오염시킨다는 말이다.

萬寶全書 茶自有 眞香 眞味 眞色
만 보 전 서 차 자 유 진 향 진 미 진 색

『만보전서』에 "차는 스스로 진향(眞香), 진미(眞味), 진색(眞色)을 가지고 있다.

一經他物點染 便失其眞
일 경 타 물 점 염 편 실 기 진

조금이라도 다른 것에 물들면 곧바로 그 참됨을 잃는다"고 하였다.

• 萬寶殿書(만보전서) 청나라 모환문(毛換文)이 1615년경에 지은 백과사전 『경당증정만보전서(敬堂增訂萬寶殿書)』.

貫

雜獨記紫英 唐德宗每賜同昌公主饌 其茶有綠花紫英之号

永味爲永 茶筵稱芬

綵莊龍鳳轉巧麗 法製頭綱從此盛 淸賢名士誇蠟面 大小龍茶園始

君謨以爲茶之精上者以龍鳳 飾以金若碩貴重 誰知自饒真色香 一經點染失

眞性 可万古全高潔 自有眞香眞味眞色 若一經他物點染 便失其眞矣

那養得五斤戲君王吉祥蕊與聖楊花 傅大士自種茶於蒙頂樹 道人雅欲全其嘉賢向蒙頂手栽

雪花雲腴爭芳烈雙井日注喧江浙 東坡詩雪花雨脚 何足道山谷詩 我聞此新茶眼東

來洪州雙井白芽漸近世製作尤精 浙之上逐爲草茶弟一

其品逈出日注之上

雲潤月 遯齋間覽 建安茶爲天下第一 孫樵送茶與焦刑部曰晚甘候十五人

蓮陽丹山碧水鄕品題特尊 蓮陽丹山碧水之鄕月澗雲

記云 茶以勝蒙山茶之效不及越茶 朝華

東國所産元相同 茶書云陸安茶

色香氣味論一功陸安之味蒙山藥古人高判兼兩宗 東茶

我有乳泉把成秀碧百壽湯何以持歸 午云白云白泉眞公

遠童振枯神驗速八耋顔如天桃紅 十五人以余年八十顔色如桃

李贊皇善煮著十六湯品 其三日百壽湯人過百息水逾十

還童振枯而令人長壽也 唐蘇慶八話或以事府如取用之湯乙生性矢敢問幣

不覓山前獻海翁

道	人	雅	欲	全	其	嘉
길 도	사람 인	우아할 아	하고자할욕	온전할 전	그 기	아름다울 가

도인이 (차의) 그 아름다움 온전히 하고자 우아한 욕심 내어

曾	向	蒙	頂	手	栽	那
일찍 증	향할 향	입을 몽	정수리 정	손 수	심을 재	어찌 나

일찍이 몽산 정상으로 가서 손수 (차나무를) 심었다네

曾	向	蒙	頂	手	栽	那
曾	向	蒙	頂	手	栽	那

- 蒙頂(몽정) 몽산(蒙山)의 정상. 몽산은 사천성에 있는 산이며, 차나무 재배를 처음으로 시작한 곳으로 황제에게 바치는 차를 기르던 황차원이 있었다.

養	得	五	斤	獻	君	王
기를 양	얻을 득	다섯 오	무게 근	바칠 헌	임군 군	임금 왕

잘 길러 다섯 근을 얻어 임금에게 바치니

吉	祥	蕊	與	聖	楊	花
길할 길	상서로울 상	꽃술 예	줄 여	성인 성	버들 양	꽃 화

길상예(吉祥蕊)와 성양화(聖楊花)라네

• 吉祥蕊(길상예), 聖楊花(성양화) 차 이름.

傅大士
부 대 사
부대사(傅大士)는

自住蒙頂結庵 種茶凡三年 得絶嘉者
자 주 몽 정 결 암 종 차 범 삼 년 득 절 가 자
스스로 몽산(蒙山) 정상에 머물며 암자를 짓고 차나무를 심어 삼 년 만에 좋
은 차를 얻으니

号聖楊花吉祥蕊 共五斤持皈 供獻
호 성 양 화 길 상 예 공 오 근 지 귀 공 헌
이름을 성양화와 길상예라 하고, 모두 다섯 근을 지니고 돌아와서 헌공(獻
供)하였다.

• 傅大士(부대사, 497~569) 양나라 무제 때의 절강성 사람.

雪花雲腴爭芳烈 雙井日注喧江浙

雪	花	雲	腴	爭	芳	烈
눈 설	꽃 화	구름 운	살찔 유	다툴 쟁	꽃다울 방	세찰 열

설화차(雪花茶)와 운유차(雲腴茶)는 향기 진함 다투고

• 雪花(설화), 雲腴(운유) 차 이름.

雙	井	日	注	喧	江	浙
쌍 쌍	우물 정	해 일	물댈 주	시끄러울 훤	강 강	강 이름 절

쌍정차(雙井茶)와 일주차(日注茶)는 강서성과 절강성에서 유명하다네

雙	井	日	注	喧	江	浙
雙	井	日	注	喧	江	浙

- 雙井(쌍정) 강서성에서 생산되는 차 이름.
- 日注(일주) 절강성에서 생산되는 차 이름.
- 江浙(강절) 강서성(江西省)과 절강성(浙江省).

東坡詩 雪花雨脚何足道
동 파 시 설 화 우 각 하 족 도
소동파 시(詩)에 "설화차와 우각차로 어찌 족히 말하랴" 하였고,

山谷詩 我家江南採雲腴
산 곡 시 아 가 강 남 채 운 유
황산곡 시(詩)에 "강남 내 집에서는 운유차를 딴다"고 하였다.

東坡至僧院 僧梵英葺治堂宇 嚴潔
동 파 지 승 원 승 범 영 즙 치 당 우 엄 결
소동파가 절에 도착하니 범영 스님이 도량의 지붕을 아주 깨끗이 정리하고
있었다.

茗飲芳烈 問 此新茶耶
명 음 방 렬 문 차 신 차 야
차를 마시는데 향기가 너무 좋아 "이건 햇차로군요?"라고 물었더니,

英曰 茶性新旧交則香味復
영 왈 차 성 신 구 교 즉 향 미 복
범영 스님이 "차의 성품은 햇차와 지난해 만든 차를 섞으면 곧 향과 맛이
복원된다"라고 하였다.

• 山谷(산곡) 황산곡(黃山谷, 1045~1105). 소동파의 제자이며 서예가.

草茶成兩浙 而兩浙之茶品 日注爲第一
초 차 성 양 절 이 양 절 지 차 품 일 주 위 제 일

초차는 양절에서 만드는데, 양절의 차 가운데서는 일주차가 제일이다.

自景祐以來 洪州雙井白芽漸盛
자 경 우 이 래 홍 주 쌍 정 백 아 점 성

경우(景祐) 이래 홍주의 쌍정차와 백아차가 점점 좋아지듯이,

近世製作尤精 其品遠出
근 세 제 작 우 정 기 품 원 출

근래에 와서 차 만드는 법이 더욱 정교해지고 그 품질이 아주 우수해서

日注之上 遂爲草茶第一
일 주 지 상 수 위 초 차 제 일

(쌍정차와 백아차가) 일주차보다 더 우수하여, 초차(草茶) 중에서 제일이다.

- 草茶(초차) 작설 찻잎으로 만든 차 종류.
- 兩浙(양절) 절강성 항주의 전단강을 중심으로 한 동서의 두 지역.
- 景祐(경우) 북송 제4대 인종(仁宗, 1023~1063)의 연호. 재위 1034~1037.

雲澗月

色香氣味論一功 陸安之味蒙山藥 古人高判兼兩宗

建陽丹山碧水鄕品題特尊

東國野產元相同

제18송 제1구 (35句)

建	陽	丹	山	碧	水	鄕
세울 건	볕 양	붉을 단	뫼 산	푸를 벽	물 수	시골 향

건양(建陽)과 단산(丹山)은 맑은 물의 고장이니

建	陽	丹	山	碧	水	鄕
建	陽	丹	山	碧	水	鄕

- 建陽(건양) 복건성(福建省) 건양시(建陽市).
- 丹山(단산) 복건성(福建省) 무이산시(武夷山市)에 있는, 거대한 붉은 바위로 이루어진 무이산(武夷山).
- 璧水(벽수) 무이산 계곡의 벽록색(碧綠色) 맑은 물.

品	題	特	尊	雲	澗	月
물건 품	표제 제	특별할 특	높을 존	구름 운	시내 간	달 월

운감차(雲龕茶)와 월간차(月澗茶)는 특별히 품격을 높였다네

品	題	特	尊	雲	澗	月
品	題	特	尊	雲	澗	月

• 雲澗月 (운간월)　'雲(운)'은 운감차(雲龕茶)를 말하고, 澗月(간월)은 월간차(月澗茶)를 말한다.

遯齋閑覽 建安茶爲天下第一
돈 재 한 람 건 안 차 위 천 하 제 일
『돈재한람』에는 "건안차(建安茶)가 천하의 제일"이라 하였다.

孫樵 送茶 焦丹部 曰
손 초 송 다 초 단 부 왈
손초(孫樵)가 차(茶)를 초단부에 보낸 글에서 말하기를,

晚甘候 十五人遣 侍齋閣
만 감 후 십 오 인 견 시 재 각
"만감후(晚甘候, 무이산에서 생산되는 차) 십오인(十五人)을 재(齋)를 모시도록
보냅니다.

此徒 乘雷而摘 拜水而和
차 도 승 뇌 이 적 배 수 이 화
이 무리는 이른 봄 첫 천둥 번개가 칠 때 채취하여 만든 것으로 무이산 바위
와 빗물이 잘 조화를 이룬 귀한 차입니다.

蓋建陽丹山 碧水之鄕 月澗雲龕之品 愼勿賤用
개 건 양 단 산 벽 수 지 향 월 간 운 감 지 품 신 물 천 용
대개 건양(建陽)과 단산(丹山) 지방은 맑은 물의 고장이며, 월간(月澗)과 운감
(雲龕)차는 품질이 좋으니, 삼가 천하게 쓰면 안 됩니다"라고 하였다.

晚甘候 茶名
만 감 후 차 명
만감후(晚甘候)는 차의 이름이다.

茶山先生 乞茗疏
다 산 선 생 걸 명 소
다산 선생의 〈걸명소(乞茗疏)〉에,

朝華始起 浮雲晶晶於晴天
조 화 시 기 부 운 효 효 어 청 천
"아침에 꽃이 피기 시작할 때, 맑은 하늘에 구름이 두둥실 떠 있을 때,

午睡初醒 明月離離於碧澗
오 수 초 성 명 월 이 리 어 벽 간
낮잠에서 막 깨어났을 때, 밝은 달이 푸른 시냇물에 비칠 때"라고 하였다.

- 遯齋閑覽(돈재한람) 북송 때 범정민(范正敏)이 지은 책.
- 建安茶(건안차) 복건성 건구현에서 생산되는 차. 건차(建茶), 건주차(建州茶)라고도 한다.
- 孫樵(손초) 당나라 문학가.
- 晩甘候(만감후) 차의 이름. 차의 카테킨(Catechin) 성분과 관련하여 처음엔 떫다가 뒤에 단맛이 나는 것, 즉 고구만감(苦口滿甘)의 차. 한 모금 마실 때는 떫어도 나중에는 단맛이 이(齒)뿌리에서 생겨 입안에 가득한 것으로, 무이산 암차(岩茶)를 말함.
- 侍齋閣(시재각) 재(齋)를 모시는 관청.
- 신물천용(愼勿賤用) 만감후와 같이 뛰어난 차는 반드시 좋은 물로 우려야 한다는 말이다.

제19송

4구 28자, 주 64자

雖獨記紫英

法劑頭綱從此盛

綵莊龍鳳轉巧麗

誰知自饒眞色香

道人雅欲全其嘉

那養得五斤獻君王吉祥蕊與聖楊花

雪花雲腴爭芳烈雙井日注喧江浙

蓮陽丹山碧水鄉品題特尊

雲澗月

色香氣味論一功陸安之味蒙山藥古人高判兼兩宗

遠童振枯神驗速八耋顏如夭桃紅

我有乳泉把成秀碧香壽湯何以持歸

木覓山前獻海翁

東國所産元相同

東	國	所	産	元	相	同
동녘 동	나라 국	바 소	낳을 산	근본 원	서로 상	한가지 동

우리나라에서 생산되는 차는 근본이 서로 같아

• 東國(동국) 우리나라. 단순히 중국의 동쪽이어서 '동국'이 아니라 당송시대의 인도를 포함한 서양인의 관점이 투영된 '동쪽의 나라'일 수도 있다. 인도와 직접 관련된 사찰인 칠불사에 '동국제일선원(東國第一禪院)'이라는 별칭이 붙은 것도 같은 이유로 추정된다. 초의스님은 여기서 「다신전」 저술을 시작했다.

色	香	氣	味	論	一	功
빛 색	향기 향	기운 기	맛 미	말할 론	한 일	공 공

색향기미(色香氣味)도 똑같다 논한다네.

陸	安	之	味	蒙	山	藥
뭍 육	편안할 한	갈 지	맛 미	입을 몽	뫼 산	약 약

육안차는 맛이 좋고 몽산차는 약효가 좋은데

- 陸安(육안) 안휘성 육안현에서 생산되는 차.
- 蒙山(몽산) 사천성 몽정산에서 생산되는 차.

古	人	高	判	兼	兩	宗
옛 고	사람 인	높을 고	구별할 판	겸할 겸	두 양	높이 종

옛사람은 (동국차가) 맛과 약효를 겸했다고 높이 평가했다네.

古	人	高	判	兼	兩	宗
古	人	高	判	兼	兩	宗

• 古人(고인) 주석에 나오는 『동다기』의 저자.

東茶記云 或疑 東茶之效 不及越産
동 다 기 운 혹 의 동 다 지 효 불 급 월 산

『동다기(東茶記)』에 이르기를, "어떤 사람은 우리나라 차의 효능이 월국(越國)에서 생산되는 차에 미치지 못한다고 의심하기도 하지만,

以余觀之 色香氣味 少無差異
이 여 관 지 색 향 기 미 소 무 차 이

내가 보기에는 색향기미가 조금도 차이가 없다.

茶書云 陸安茶以味勝 蒙山茶以藥勝
다 서 운 육 안 차 이 미 승 몽 산 차 이 약 승

다서(茶書)에서 말하기를 '육안차(陸安茶)는 맛이 좋고, 몽산차(蒙山茶)는 약효가 뛰어나다' 하였지만,

東茶盖兼之矣
동 차 개 겸 지 의

'우리나라 차는 맛도 좋고 약효도 뛰어나다'고 하였으니,

若有李贊皇 陸子羽 其人必以余言爲然也
약 유 이 찬 황 육 자 우 기 인 필 이 여 언 위 연 야

만약에 이찬황(李贊皇)과 육우(陸羽)가 살아 있다면, 그 사람들은 반드시 내 말이 옳다고 할 것이다"라고 하였다.

- 東茶記(동다기)　전의이(全義李)가 차의 여러 가지 이야기를 기록한 책.
- 월산(越産)　춘주시대의 월(越)나라에서 생산한 차. 월국(越國)은 현재의 절강성 일대.
- 李贊皇(이찬황)　당나라 무종(武宗) 때의 재상.
- 陸子羽(육자우)　육우(陸羽, 733~804), 『다경(茶經)』의 저자.

雜獨記紫英，唐德宗每賜同昌公主饌，其茶有綠花紫英之号。法製頭綱洗此盛清覽老士誇偶

永味鳥永綠莊龍鳳轉巧麗，盡萬金成百餅，誰知自健真色香，一經點染失

真性，可万全高貴有真香真味真色，一經他物點染便失其真。道人雅欲全其嘉曾畵蒙頂手義

那養得五斤獻君王吉祥蕋與聖楊花，雪花雲腴争芳烈雙井日注喧江淅，

遠童振枯神驗速，八耋顏如夭桃紅

我有乳泉把成秀碧百壽湯何以持歸

木覓山前獻海翁

還	童	振	枯	神	驗	速
돌아올 환	아이 동	떨칠 진	마를 고	귀신 신	효능 험	빠를 속

(시들어 가던 나무가 되살아나듯) 늙은이가 젊어지는 신비한 효험 빠르고

還	童	振	枯	神	驗	速
還	童	振	枯	神	驗	速

• 還童振枯(환동진고)　늙음[枯]을 떨쳐내고[振] 젊음[童]으로 돌아옴[還].

八	耋	顔	如	夭	桃	紅
여덟 팔	늙은이 질	얼굴 안	같을 여	어릴 요	복숭아 도	붉을 홍

팔십 노인 얼굴이 복숭아처럼 붉은빛이네.

李白云 玉泉眞公 年八十 顔色如桃李
이 백 운 옥 천 진 공 년 팔 십 안 색 여 도 리

이태백이 말하기를, "옥천사(玉泉寺)의 진공(眞公) 스님은 나이가 팔십이지만 얼굴빛이 복숭아와 자두 빛이다.

此茗香淸異于他 所以能還童振枯 而令人長壽也
차 명 향 청 이 우 타 소 이 능 환 동 진 고 이 령 인 장 수 야

이 차가 다른 지역의 차와 달리 향이 맑아서, 시든 나무와 같은 노인을 능히 젊은이로 돌아가게 하고 사람을 장수하게 한다"고 하였다.

- 玉泉(옥천) 호북성 당양현에 있는 사찰 이름이자 그 절의 샘 이름.
- 桃李(도리) 복숭아와 자두. 복숭아와 자두는 장(臟)의 면역력을 증가시켜 얼굴빛을 밝게 하는 과일이다.

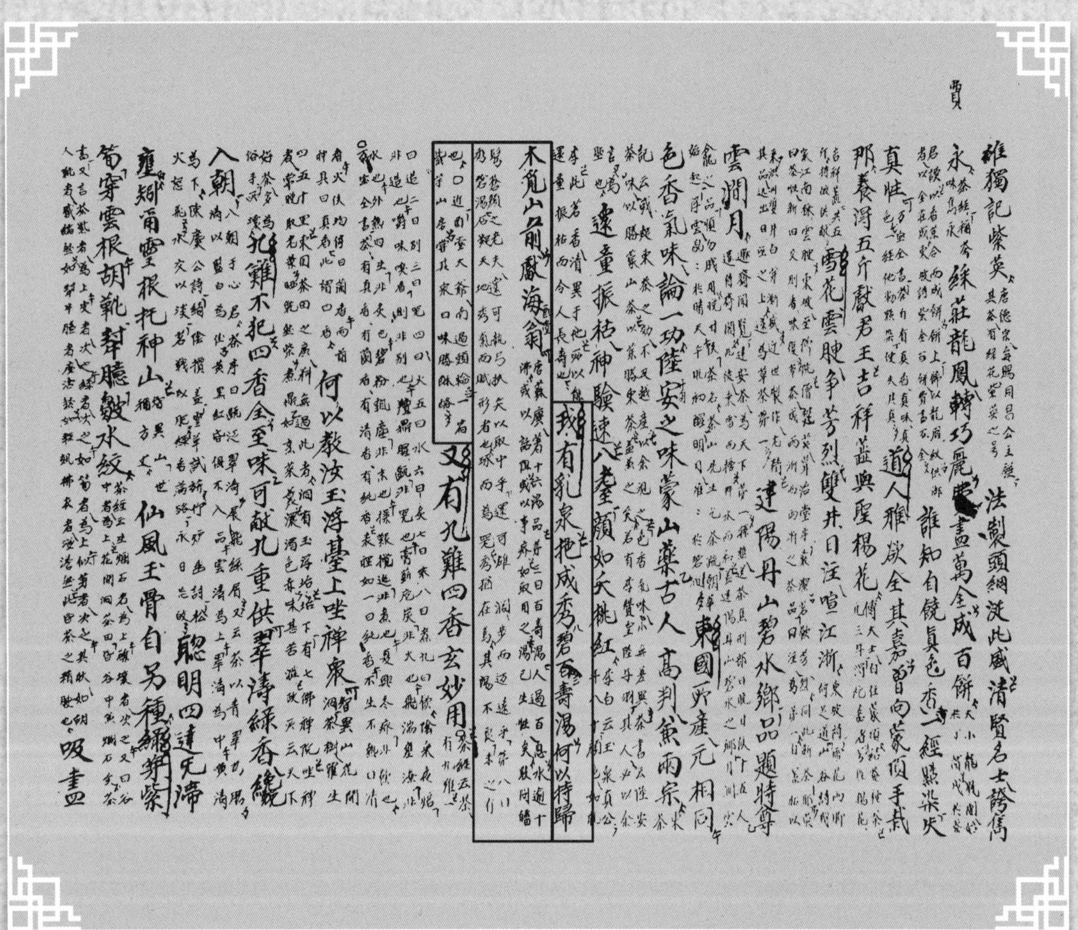

我	有	乳	泉		
나 아	있을 유	젖 유	샘 천		
挹	成	秀	碧	百	壽	湯
뜰 읍	이룰 성	빼어날 수	푸를 벽	일백 백	목숨 수	끓일 탕

나에게 유천이 있어 (찻물을 끓이는데) 잘 끓일 때 있고 잘못 끓일 때 있지만,

- 乳泉(유천) 대흥사 일지암(一枝庵)에 있는 샘물 이름.
- 秀碧(수벽) 수벽탕(秀碧湯). 당나라 소이(蘇廙)가 지은 『십육탕품(十六湯品)』의 제 8품으로 돌 탕관에 잘 끓인 찻물.
- 百壽湯(백수탕) 『십육탕품』의 제3품으로 찻물을 너무 오래 끓여 찻물의 본성을 잃은 물.

何	以	持	皈			
어찌 하	써 이	가질 지	돌아갈 귀			
木	覓	山	前	獻	海	翁
나무 목	찾을 멱	뫼 산	앞 전	드릴 헌	바다 해	늙은이 옹

어떻게 가져가서 남산 해거도인께 드릴까?

何	以	持	皈			
木	覓	山	前	獻	海	翁
何	以	持	皈			
木	覓	山	前	獻	海	翁

• 목멱산(木覓山) 서울 남산 서쪽 봉우리.
• 海翁(해옹) 해거도인(海居道人) 홍현주(洪顯周).

唐蘇廙著 十六湯品
당 소 이 저 십 육 탕 품
당나라 소이(蘇廙)가 지은 『십육탕품』에,

第三曰 百壽湯 人過百息 水逾十沸 或以話阻 或以事廢
제 삼 왈 백 수 탕 인 과 백 식 수 유 십 비 혹 이 화 조 혹 이 사 폐
如取用之 湯已生性矣
여 취 용 지 탕 이 생 성 의
"세 번째는 백수탕(百壽湯)이라 한다. 사람이 백 살을 넘긴 것처럼, 물이 십비(十沸)를 넘어 (지나치게) 끓인 것이다. 대화 때문에 방해가 되거나 다른 일 때문에 그만두었다가 (너무 끓인 물을) 취하여 사용하려고 하면 탕은 이미 그 본성을 잃은 것이다.

敢問 皤鬓蒼顔之老夫 還可執弓扶矢 以取中乎
감 문 파 빈 창 안 지 노 부 환 가 집 궁 부 시 이 취 중 호
감히 묻노니, 귀밑털이 희고 늙어 야윈 창백한 얼굴의 노인이 도리어 활을 잡고 화살을 쏘아 과녁에 적중시킬 수 있으며,

還可雄 濶步以邁遠乎
환 가 웅 활 보 이 매 원 호
씩씩하게 올라가고 먼 곳까지 활보할 수 있겠는가?

第八曰 秀碧湯
제 팔 왈 수 벽 탕
여덟 번째는 수벽탕(秀碧湯)이라 한다.

石凝天地秀氣 而賦形者也
석 응 천 지 수 기 이 부 형 자 야
돌은 하늘과 땅의 빼어난 기운이 뭉쳐진 형체로 된 것이다.

琢而爲器 秀猶在焉 其湯不良 未之有也
탁 이 위 기 수 유 재 언 기 탕 불 량 미 지 유 야

(이런 돌을) 다듬어 탕관을 만들면 천지의 정기가 여전히 남아 있으니, 끓인
물이 좋지 않을 수 없다”라고 하였다.

近酉堂大爺 南過頭輪 一宿紫芋山房
근 유 당 대 야 남 과 두 륜 일 숙 자 우 산 방

嘗其泉曰 味勝酥酪
상 기 천 왈 미 승 수 락

근자에 유당(酉堂) 어른께서 남쪽으로 지나는 길에 두륜산 자우산방에서 하
룻밤을 묵을 때 유천 샘물을 맛보고 말씀하시기를 “맛이 수락보다 낫다”고
하셨다.

- 蘇廙(소이) 당나라 문인.
- 癈(폐) 廢(막힐 폐)와 같은 글자이다.
- 鬂(살쩍 빈) 鬢(살쩍 빈)과 같은 글자이다.
- 執弓扶矢(집궁부시) 활을 잡고 화살을 걸어 쏨.
- 酉堂(유당) 추사(秋史) 김정희(金正喜)의 부친 김노경(金魯敬, 1766~1840).
- 紫芋山房(자우산방) 일지암에 있던 초의선사의 생활 주거지.
- 酥酪(수락) 소나 양의 젖으로 만든 유제품.

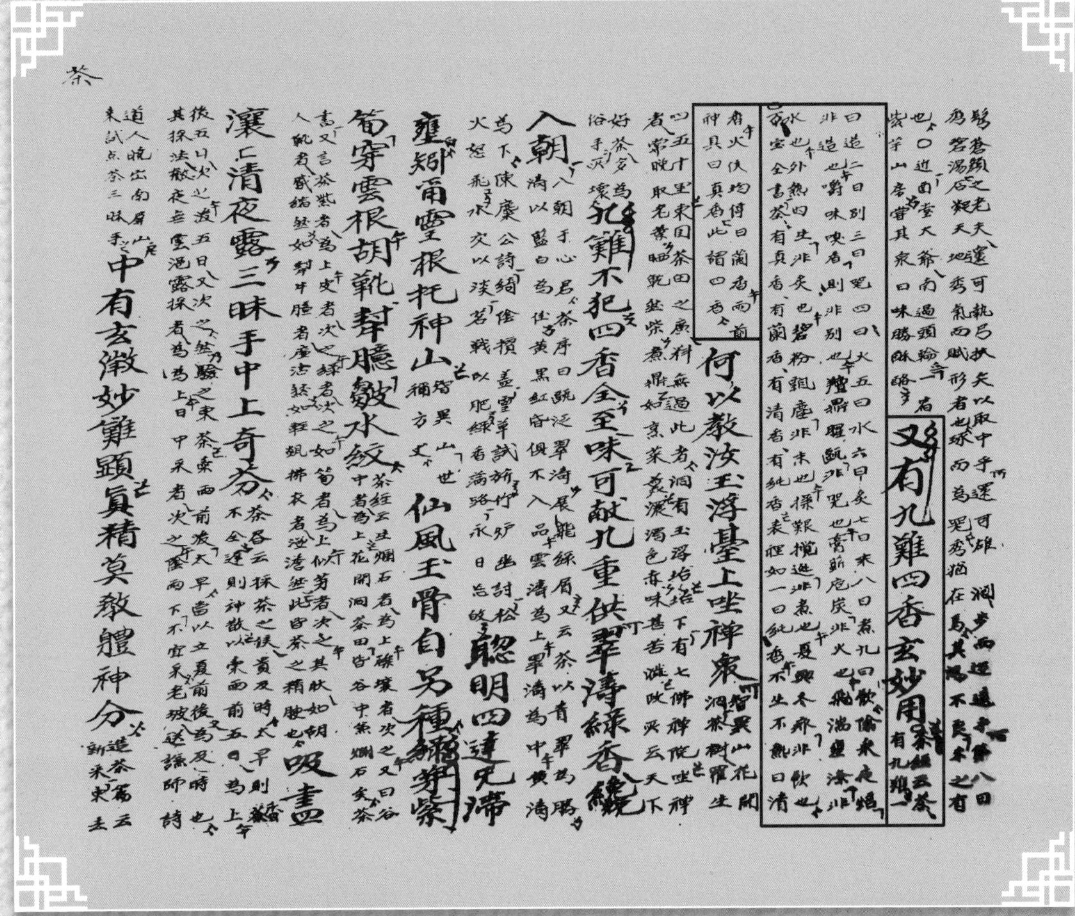

何以教汝玉浮臺上坐禪衆

九難不犯四香全至味可獻九重供翠濤綠香繞

仙風玉骨自另種

聰明四達兒孩

又	有	九	難	四	香	
또 우	있을 유	아홉 구	어려울 난	넉 사	향기 향	
玄	妙	用				
검을 현	묘할 묘	쓸 용				

또 (차에는) 아홉 가지 어려움과 네 가지 향의 현묘한 작용이 있다네.

又	有	九	難	四	香
玄	妙	用			
又	有	九	難	四	香
玄	妙	用			

茶經云 茶有九難
다 경 운 다 유 구 난

『다경』에서 말하였다. "차에는 아홉 가지 어려움이 있다.

一曰造 二曰別 三曰器 四曰火
일 왈 조 이 왈 별 삼 왈 기 사 왈 화

(어려움의) 첫째는 만들기이다. 둘째는 (차의 품질을) 분별하는 것이다. 셋째
는 그릇이며, 넷째는 불(다루기)이다.

五曰水 六曰炙 七曰末 八曰煮 九曰飮
오 왈 수 육 왈 적 칠 왈 말 팔 왈 자 구 왈 음

다섯째는 물이고, 여섯째는 굽기고, 일곱째는 가루 내는 것이고, 여덟째는
차를 끓이는 것이고, 아홉째가 차 마시는 법이다.

陰採夜焙 非造也 嚼味嗅香 則非別也
음 채 야 배 비 조 야 작 미 후 향 즉 비 별 야

(찻잎을) 흐린 날에 따서 밤에 불로 말리는 것은 차 만드는 방법이 아니고,
씹어서 맛보고 코로 향기를 맡아보는 것은 감별이 아니며,

羶鼎腥甌 非器也 膏新庖炭 非火也
전 정 성 구 비 기 야 고 신 포 탄 비 화 야

누린내 나는 솥이나 비린내 나는 사발은 다구(茶具)가 아니고, 진(膏)이 나오
는 섶나무나 부엌의 숯은 불이 아니며,

飛湍雍潦 非水也 外熟內生 非炙也
비 단 옹 료 비 수 야 외 숙 내 생 비 적 야

폭포처럼 떨어지는 물이나 고인 물은 물이 아니고, (떡차가) 겉은 익고 속이
덜 익은 것은 굽는 방법이 아니며,

壁粉飄塵 非末也 操艱攪遽 非煮也 夏興冬廢 非飮也
벽 분 표 진 비 말 야 조 간 교 거 비 자 야 하 흥 동 폐 비 음 야

(맷돌에 너무 지나치게 갈아) 푸른색 가루가 되어 먼지처럼 날리는 것은 가는
방법이 아니며, (차를 끓일 때) 서투르게 하거나 거칠게 휘젓는 것은 끓이는
법이 아니며, 여름에는 많이 마시고 겨울에는 잘 안 마시는 것은 차 마시는
법이 아니다"라고 하였다.

万寶全書 茶有眞香 有蘭香 有淸香 有純香
만 보 전 서 다 유 진 향 유 난 향 유 청 향 유 순 향

『만보전서』에, "차에는 진향(眞香), 난향(蘭香), 청향(淸香), 순향(純香)이 있다.

表裏如一曰 純香 不生不熟曰 淸香
표 리 여 일 왈 순 향 불 생 불 숙 왈 청 향

(찻잎의) 겉과 속이 (고루 익어) 한결 같은 것을 순향이라 하고, 설익지도 너
무 익지도 않은 것을 청향이라 하며,

火候均停曰 蘭香 雨前神具曰 眞香
화 후 균 정 왈 난 향 우 전 신 구 왈 진 향

불기운을 고르게 한 것을 난향이라 하고, 곡우(穀雨) 전에 채취한 찻잎으로
성분이 고루 갖추어진 것을 진향이라 한다"고 하였다.

此謂四香
차 위 사 향

이를 일러 (차의) 4향(香)이라 한다.

茶

又有九難四香玄妙用〔有九難四香〕

何以教汝玉浮臺上坐禪衆

聰明四達究無滯

雍知甬靈根托神山〔稱方丈〕

仙風玉骨自另種羅芽紫筍

筍穿雲根胡靴犎臕皺水紋

瀼清夜露三昧手中上奇芬

入朝滿以藍白爲佳方黃黑紅皆倦不入品午雲淸爲上午翠淸爲中午黄淸爲下

陳慶公詩絢佳撰孟臣華試新竹爐坐討松火怒飛水交以淡茗戰以肥綠香滿路永日忘歸

筍穿雲根胡靴犎臕皺水紋茶經云上者爲上花開洞茶田皆石中煮燗石灸茶

雍知甬靈根托神山窈異山世

仙風玉骨自另種羅芽紫筍

瀼清夜露三昧手中上奇芬茶晉云採茶之候貴及時太早則簷晚則神散以穀雨前五日爲上

茶又言茶紫者爲上史者次之綠者次之如筍者爲上芽者次之其狀如胡又言茶之精腴也吸盡

後五日次之發五日又次之然乃驗之束茶棗雨前發天早當以立夏前後爲及時也

其採法欲在無雲泊露採者爲上日中采者次之陰雨不宜采老玻送謙師詩

道人晚出南屏山居束試点茶三昧手中有玄微妙難顯眞精莫敎體神分〔送茶寄云〕新承宋玉

제23송 제1구 (46句)

何	以	敎	汝			
어찌 하	써 이	가르칠 교	너 여			

玉	浮	臺	上	坐	禪	衆
옥 옥	뜰 부	대 대	위 상	앉을 좌	고요할 선	무리 중

옥부대 위 좌선하는 무리여, 어찌해야 너희를 가르칠 수 있을꼬.

何	以	敎	汝			
玉	浮	臺	上	坐	禪	衆
何	以	敎	汝			
玉	浮	臺	上	坐	禪	衆

- 玉浮臺(옥부대) 지리산 칠불사 대웅전 뒤 언덕 위의 평평한 곳. 신라 옥보고(玉寶高)가 거문고를 연주하면 학이 날아와 춤을 추던 곳이어서 백학터[白鶴洞]라 하며, 옥보고가 현학금(玄鶴琴, 거문고)을 연주한 곳이라 옥보대(玉寶臺)라고도 한다. 청학동(靑鶴洞)은 쌍계사 일대이다.

智異山 花開洞 茶樹羅生四五十里
지 리 산 화 개 동 차 수 라 생 사 오 십 리
지리산 화개동에는 차나무가 40~50리에 걸쳐 펼쳐져 자라는데,

東國茶田之廣 料無過此者
동 국 다 전 지 광 료 무 과 차 자
우리나라 차밭의 크기로는 이보다 넓은 것이 없다고 여겨진다.

洞有玉浮坮 坮下有七佛禪院 坐禪者
동 유 옥 부 대 대 하 유 칠 불 선 원 좌 선 자
화개동에 옥부대가 있고 옥부대 아래에 칠불선원이 있다. 참선 수행하는
스님들이

常晚取老葉 曬乾 然柴煮鼎
상 만 취 노 엽 쇄 건 연 시 자 정
항상 뒤늦게 노엽(老葉)을 채취하여 햇볕에 말린다. 그리고는 나물국 끓이듯

如烹菜羹 濃濁色赤 味甚苦澁
여 팽 채 갱 농 탁 색 적 미 심 고 삽
섶나무 불로 솥에 삶으니 진하고 탁하며 색이 붉고 맛은 심히 쓰고 떫다.

政所云 天下好茶 多爲俗手所壞
정 소 운 천 하 호 차 다 위 속 수 소 괴
정소에서 말하기를 "천하의 좋은 차를 속된 솜씨로 버려 놓았다"고 하였다.

- 花開洞(화개동) 경상남도 하동군 화개면의 지명으로 섬진강 남도대교에서 신흥삼거리까지 화개천 주변 10㎞와 신흥마을에서 칠불사(七佛寺)까지 백학동천 5㎞, 쌍계사에서 불일폭포 계곡 일원 청학동천과 단천, 의신마을을 중심으로 한 대성동천 좌우측 골짜기를 포함한다.

- 七佛禪院(칠불선원) 경상남도 하동군 화개면 범왕리(범왕길 528)에 있는 사찰이다. 지리산 최고봉인 천왕봉(天王峯, 1,915m)은 동쪽으로 중봉(1,875m), 하봉(1,781m), 싸리봉(1,610m)으로 이어진다. 서쪽으로는 지혜의 상징 문수보살(文殊菩薩)을 상징하는 반야봉(般若鋒, 1,732m)에서 토끼봉(1,534m)으로 이어지는데, 토끼봉의 지능성을 따라 남쪽으로 20여 리 내려온 해발 830m 백학(白鶴) 터에 자리 잡고 있다. 가락국 시조 김수로왕의 일곱 왕자가 외삼촌인 범승 장유보옥 선사를 따라 이곳에 와서 참선 수행 정진 2년 만에 성불(成佛)하여 칠불사(七佛寺)라 한다.

칠불사

茶

又有九難四香玄妙用

何以教汝玉浮臺上坐禪衆

九難不犯四香全
至味可獻九重供
翠濤綠香纏

聰明四達究无滯

九	難	不	犯	四	香	全
아홉 구	어려울 난	아닐 불	범할 범	넉 사	향기 향	온전 전

구난을 어기지 않고 사향을 온전히 하니

九	難	不	犯	四	香	全
九	難	不	犯	四	香	全

至	味	可	獻	九	重	供
지극히 지	맛 미	가히 가	바칠 헌	아홉 구	거듭 중	바칠 공

지극한 맛 가히 구중궁궐에 바칠 만하네

至	味	可	獻	九	重	供
至	味	可	獻	九	重	供

翠	濤	綠	香	纔	入	朝
비취색 취	물결 도	초록빛 녹	향기 향	방금 재	들 입	조정 조

비취색 거품과 푸른 향기 방금 입조(入朝) 하였는데

入朝于 心君
입 조 우 심 군
마음[心君]에 입조(入朝)함이다.

茶序曰 甌泛翠濤 碾飛綠屑
다 서 왈 구 범 취 도 연 비 녹 설
「다보소서」에 말하기를, "다완(茶碗)에는 비취색의 거품이 뜨고, 맷돌에는
푸른 가루가 날린다"고 하였다.

又云 茶以靑翠爲勝 濤以藍白爲佳
우 운 차 이 청 취 위 승 도 이 람 백 위 가
또 말하였다. "차는 비취색이 뛰어나고, 거품은 남백색이 좋다.

黃黑紅昏 俱不入品
황 흑 홍 혼 구 불 입 품
황색, 홍색, 어두운색은 모두 좋은 품질에 들지 않는다.

雪濤爲上 翠濤爲中 黃濤爲下
설 도 위 상 취 도 위 중 황 도 위 하
흰 거품이 상이며, 비취색 거품이 중이며, 황색 거품이 하이다."

陳糜公 詩 綺陰攢盖 靈屮試旂
진 미 공 시 기 음 찬 개 영 초 시 기
진미공 시에, "고운 그늘 덮인 곳에 모여 신령스런 풀[靈屮=茶]의 기(旂)를
시험하네.

竹爐幽討 松火怒飛
죽 로 유 토 송 화 노 비
죽로(竹爐)에 그윽히 물 끓이니 소나무 불 활활 타오르네.

水交以淡 茗戰以肥 綠香滿路 永日忘皈
수 교 이 담 명 전 이 비 녹 향 만 로 영 일 망 귀

물은 끓어서 맑아지고 찻자리 시간이 길어지니, 녹향(綠香)이 길에 자욱하
여 종일 돌아가는 것을 잊게 하네"라 하였다.

- 入朝(입조)　차 마시는 행위를 신하가 임금에게 조회하는 행위로 묘사했다.
- 心君(심군)　마음이라는 임금. 끽다에서 차가 신하라면 임금은 끽다 행위자의 마음이라 하니, 곧 마음으로 마시는 차다. 차와 선(禪)이 일체가 된 경지를 말한 것이다. 이 뒤에 이어지는 본문 구절은 이렇게 '다선일미로 차를 마시면 일어나는 현상'을 설명하고 있다.
- 茶書(다서)　명나라 왕상진(王象晉)의 『군방보(群芳普)』에 실린 「다보소서(茶譜小序)」를 말한다.
- 濤(도)　다완에 가루차를 넣어 저었을 때 나는 거품. 설도(雪濤)는 눈처럼 흰 거품.
- 陳糜公(진미공)　진계유(陳繼儒, 1558~1639). 명나라 문인.
- 旂(기)　차의 싹. 시기(試旂)는 차를 시험함, 곧 차를 맛보는 것.
- 茗戰(명전)　차 달이는 풍류(風流). 차 겨루기.

茶

又有九難四香玄妙用
〔茶書云 造茶一也 別二也 器三也 火四也 水五也 炙六也 末七也 煮八也 飮九也 陰採夜焙非造也 嚼味嗅香非別也 羶鼎腥甌非器也 膏薪庖炭非火也 飛湍壅潦非水也 外熟內生非炙也 碧粉縹塵非末也 操艱攪遽非煮也 夏興冬廢非飮也〕

何以敎汝立浮臺上坐禪衆
〔智異山花開洞茶樹羅生四五十里 料無過此者 洞有玉浮臺 臺下有七佛禪院 坐禪者常晚取老葉晒乾 然柴煮鼎如烹菜羹 濃濁色赤味甚苦澁 政所云天下好茶 多為俗手所壞〕

九難不犯四香全 至味可獻九重供 翠濤綠香纈入朝
〔茶有真香 有蘭香 有清香 有純香 表裏如一曰純香 不生不熟曰清香 火候均曰蘭香 雨前神具曰真香 此謂四香〕
〔入朝于心君 茶序曰 甌泛翠濤 晨昏綠眉延云 茶以青翠為上 雲濤為中 午興為下〕

甕甬靈根托神山 〔鯈異山世〕
仙風玉骨自另種輔芽紫
〔茶經云 生爛石者為上 礫壤者次之 又曰谷中 煎石芽茶〕

筍穿雲根胡靴聲臆皺水紋
〔茶經云 生爛石中 筍為上 花開洞茶四皆谷中 礫爛石炙茶〕
〔志又言 茶紫者為上 綠者次之 如筍者為上 如芽者次之 其狀如胡人靴者 蹙縮然 犎牛臆者 廉簷然 浮雲出山者 輪囷然 輕飆拂水者 涵澹然 此皆茶之精腴也〕

聰明四達亮宄帶
瀼上清夜露三昧手中上奇芬
〔茶書云 採茶之候 貴及時 太早則神散 太遲則神傷 以穀雨前五日為上 後五日次之 再五日又次之〕

中有玄微妙難顯 眞精莫敎體神分
〔道人晚出南屏山庄 東坡煎茶三昧手之 進茶篇云 新采東去〕

제25송 제1구 (50句)

聰	明	四	達	無	滯	壅
총명할 총	밝을 명	넉 사	통달할 달	없을 무	막힐 체	막을 옹

총명함이 사방에 통달하여 어디에도 막힘 없네

聰	明	四	達	無	滯	壅
聰	明	四	達	無	滯	壅

矧	爾	靈	根	托	神	山
하물며 신	너 이	신령 령	뿌리 근	맡길 탁	귀신 신	뫼 산

신령스러운 너의 뿌리 신산(神山)에 의탁하니

• 神山(신산)　영산(靈山), 여기서는 지리산을 말한다. 금강산, 한라산과 더불어 삼신산(三神山)이다.

智異山 世稱方丈
지 리 산 세 칭 방 장

지리산을 세속에서는 방장산(方丈山)이라 칭한다.

삼신산 쌍계사

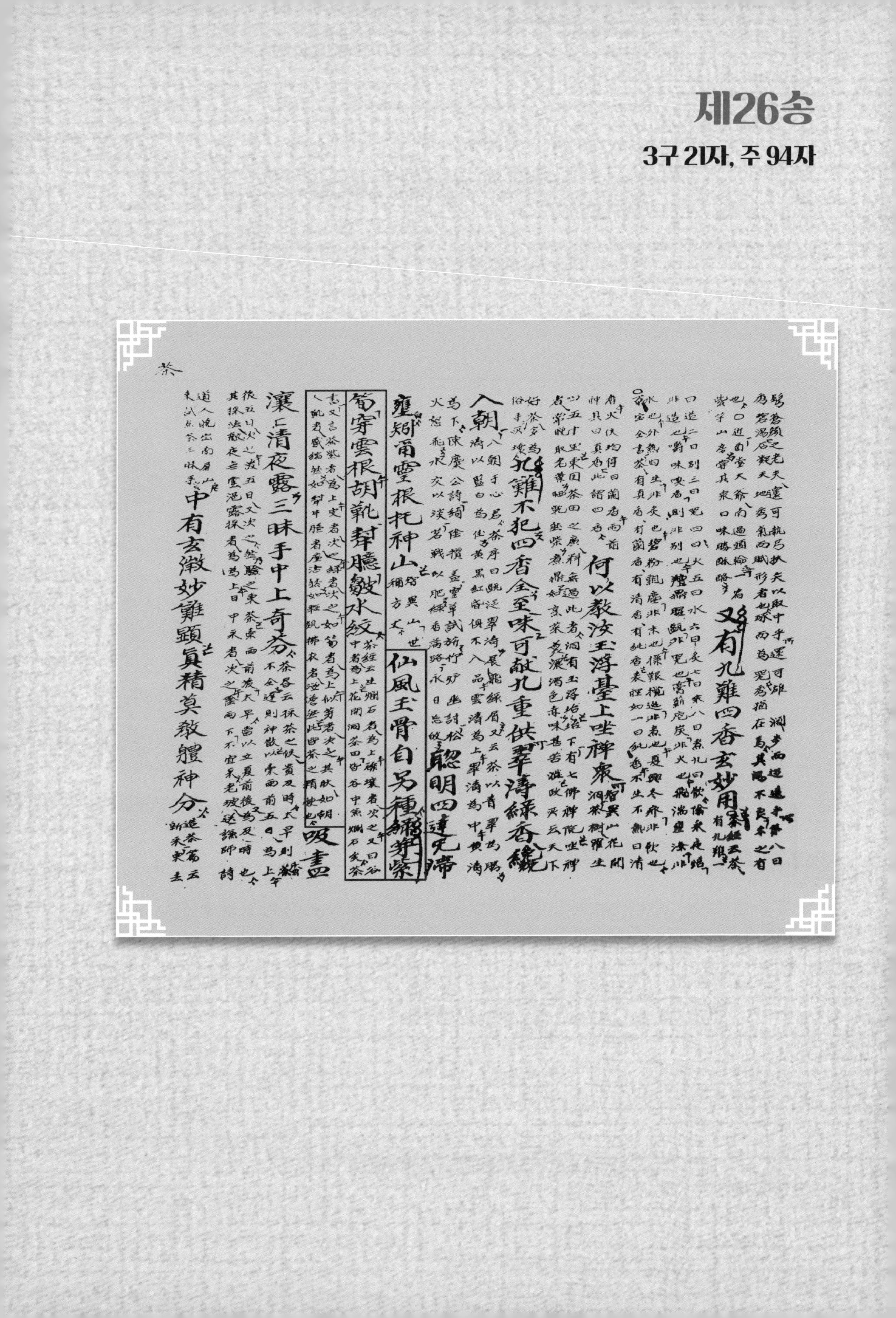

제26송 제1구 (52句)

仙	風	玉	骨	自	另	種
신선 선	바람 풍	옥 옥	뼈 골	스스로 자	별다를 령	씨 종

(화개동 차나무는) 신선 같은 풍모와 옥 같은 기골이 스스로 종자부터 다르니,

仙	風	玉	骨	自	另	種
仙	風	玉	骨	自	另	種

• 自另種(자령종) 본래 종자는 중국과 같았지만, 동국(東國, 우리나라)의 환경에
토착화(土着化)되어 달라짐.

綠	芽	紫	筍	穿	雲	根
초록빛 녹	싹 아	자줏빛 자	죽순 순	뚫을 천	구름 운	뿌리 근

녹색의 싹과 자줏빛 순(筍)은 구름의 뿌리인 바위를 뚫었고

- 綠芽紫筍(녹아자순)　차나무가 실생(實生)으로 번식하는 과정에서 변이(變異)가 생겨 찻잎이 녹색(綠色)과 자줏빛[紫]으로 피는 것.
- 雲根(운근)　비가 그치면 구름이 시작되는 바위. '찻잎이 구름 뿌리를 뚫었다'는 것은 '차나무 뿌리가 구름이 생기는 바위에서 자란다'는 의미.

胡	靴	犎	臆	皺	水	紋
턱밑살 호	신 화	들소 봉	가슴 억	주름 추	물 수	무늬 문

(건조된 떡차 표면이) 호인(胡人)의 가죽신과 들소 가슴팍 같은 물결무늬 주름이라네

胡	靴	犎	臆	皺	水	紋
胡	靴	犎	臆	皺	水	紋

- 皺(추) 주름. 여기서 말하는 '주름'은 찻잎의 모양이 아니라, 건조된 떡차 표면의 무늬를 말하는 것이다. 『다경』 「삼지조(三之造)」에도 건조된 떡차의 모양을 설명하면서 이 말이 등장한다.

茶經云 生爛石者爲上 礫壤者次之
다 경 운 생 란 석 자 위 상 역 양 자 차 지
『다경』에서 말했다. "돌밭에서 자라는 것이 가장 좋고, 자갈 섞인 흙은 다음이다."

又曰 谷中者爲上
우 왈 곡 중 자 위 상
또 말하였다. "계곡에서 자라는 것이 제일 좋다."

花開洞茶田 皆谷中兼爛石矣
화 개 동 다 전 개 곡 중 겸 란 석 의
화개동 차밭은 모두 골짜기에 돌밭의 조건을 겸했다.

茶書又言
다 서 우 언
다서에서 또 말하였다.

茶紫者爲上 皮者次之 綠者次之
차 자 자 위 상 피 자 차 지 녹 자 차 지
"차는 자줏빛이 으뜸이고, 주름진 것이 다음이며, 녹색이 그 다음이다.

如筍者爲上 似芽者次之
여 순 자 위 상 사 아 자 차 지
죽순과 같은 것이 상품이며, 싹 같은 찻잎이 다음이다.

其狀 如胡人靴者 蹙縮然 如犎牛臆者 廉沾然
기 상 여 호 인 화 자 축 축 연 여 봉 우 억 자 염 활 연
(건조된 떡차는) 그 모양이 호인(胡人)의 가죽신에 잔주름이 접힌 것처럼 생겼
고, 어떤 것은 들소 가슴팍처럼 주름이 구불구불하게 생겼으며,

如輕飆拂衣者 涵澹然 此皆茶之精腴也
여 경 표 불 의 자 함 담 연 차 개 차 지 정 유 야

바람이 불어 잔물결 치는 모양처럼 생긴 것도 있다. 이와 같은 떡차의 모양
은 모두 품질 좋은 것이다"라고 하였다.

돌밭에 자라는 차나무

又有九難四香玄妙用

瀹清夜露三昧手中上奇芬

中有玄微妙難顯真精莫教體神分

제27송 제1구 (55句)

吸	盡	瀼	瀼	淸	夜	露
숨 들이쉴 흡	다할 진	이슬 많을 양	이슬 많을 양	맑을 청	밤 야	이슬 로

맑은 밤이슬 흠뻑 머금어서

• 瀼瀼(양양) 물이 세차게 흐르는 모양. 여기서는 찻잎에 이슬이 흠뻑 내려앉은 모양.

三	昧	手	中	上	奇	芬
석 삼	새벽 매	손 수	가운데 중	위 상	기이할 기	향기로울 분

삼매(三昧)의 손끝에 기이한 향 일어나네

三	昧	手	中	上	奇	芬
三	昧	手	中	上	奇	芬

茶書云
다 서 운
다서에 말하기를,

採茶之候 貴及其時
채 다 지 후 귀 급 기 시
"채다의 철에는 그 시기를 맞추는 것이 중요하다.

太早則 香不全 遲則神散
태 조 즉 향 부 전 지 즉 신 산
너무 일찍 따면 향이 온전하지 못하고, 늦으면 다신이 흩어진다.

以穀雨前 五日爲上 後五日次之 再五日又次之
이 곡 우 전 오 일 위 상 후 오 일 차 지 재 오 일 우 차 지
곡우 전 5일이 제일 좋고, 5일 후가 다음이며, 또 5일 후가 그 다음이다"라
고 하였다.

然驗之東茶 穀雨前後太早 當以立夏後爲及時也
연 험 지 동 다 곡 우 전 후 태 조 당 이 입 하 후 위 급 시 야
그러나 (내가) 우리나라 차를 경험해보니 곡우 전후는 너무 이르고, 입하
(전)후가 적기다.

其徹夜無雲浥露採者爲上
기 철 야 무 운 읍 로 채 자 위 상
밤새 구름 없이 맑은 날, 이슬 젖은 상태에서 딴 것이 최고이고,

日中採者次之 陰雨下不宜採
일 중 채 자 차 지 음 우 하 불 의 채
해가 난 가운데 딴 것이 다음이며, 흐리거나 비가 오면 마땅히 따지 않는다.

老坡 送日謙師 詩
노 파 송 왈 겸 사 시
소동파가 겸 선사(禪師)에게 보내는 시(詩)에 말하기를,

道人曉出南屏山 來試點茶三昧手
도 인 효 출 남 병 산 래 시 점 다 삼 매 수
"도인이 새벽에 남병산에서 내려와 삼매의 솜씨로 차를 달였다네"라 하였다.

* 老坡(노파) 늙은 소동파(蘇東坡).

* 送謙師(송겸사) 소동파의 시 「송남병겸사(送南屏謙師)」. 제목은 '남병산 겸(謙) 스님을 보내며'라
  는 의미다.

제28송

2구 14자, 주 87자

中	有	玄	微	妙	難	顯
가운데 중	있을 유	검을 현	작을 미	묘할 묘	어려울 난	나타날 현

그중에 현미함 있으나 묘하여 (말이나 글로) 나타내기 어렵고

眞	精	莫	敎	體	神	分
참 진	정기 정	없을 막	하여금 교	몸 체	정신 신	나눌 분

진수(眞水)와 정차(精茶)는 체(體)와 신(神)으로 하여금 나눌 수 없다네

眞	精	莫	敎	體	神	分
眞	精	莫	敎	體	神	分

- 眞(진)   진수(眞水). 좋은 찻물.
- 精(정)   정차(精茶). 좋은 차.

造茶篇云
조 다 편 운
(『다신전』의)「조다(造茶)」편에서 말하기를,

新採揀去老葉 熱鍋焙之
신 채 간 거 노 엽 열 과 배 지
"채취한 찻잎에서 묵은 잎을 골라내고, 뜨거운 솥에서 덖는다.

候鍋極熱 始下茶急炒 火不可緩
후 과 극 열 시 하 차 급 초 화 불 가 완
솥이 매우 뜨거워진 후에 비로소 찻잎을 넣고 빠르게 덖는다. 이때 솥의 온도를 낮추면 안 된다.

待熟方退火 徹入篩中 輕團挪數遍
대 숙 방 퇴 화 철 입 사 중 경 단 가 수 편
익기를 기다렸다가 바로 꺼내어 체 안에 넣고 가볍게 덩어리로 뭉치면서 여러 번 비빈다.

復下鍋中 漸漸減火 焙乾爲度
복 하 과 중 점 점 감 화 배 건 위 도
다시 솥에 넣고 점점 불을 줄여서 배건(焙乾)을 알맞게 한다.

中有玄微 難以言顯
중 유 현 미 난 이 언 현
이런 과정에 현미함이 있으나 말로 표현하기는 어렵다"고 하였다.

品泉云
품 천 운
(『다신전』의)「품천(品泉)」에서 말하기를,

茶者水之精 水者茶之体
차 자 수 지 정 수 자 차 지 체

"차(茶)는 물[水]의 신(神)이고 물은 차의 체(體)이니,

非眞水 莫顯其神 非眞茶 莫窺其體
비 진 수 막 현 기 신 비 진 차 막 규 기 체

진수(眞水)가 아니면 그 신(神)을 드러낼 수 없고, 진차(眞茶)가 아니면 그 체(體)를 엿볼 수 없다"고 하였다.

體神雖全猶恐過中正 中正不過健靈併

一傾玉花風生腋身輕已涉上淸
明月爲燭兼爲友白雲鋪席因作
屛竹籟松濤俱簫凉淸寒瑩骨心肝惺
瑺飾白雲明月爲二客道人座上此爲勝

飮茶之法客衆則喧喧則雅索鍫獨啜曰神二客曰勝

草衣新試綠香烟禽舌犯纖穀雨前莫數
山雲洞月滿鍾雷笑可延年

白坡居士題

松風檜雨到來初急引銅瓶移竹爐待得老闹俱宗
一甌春雪勝醍醐

體	神	雖	全		
몸 체	정신 신	비록 수	온전 전		
猶	恐	過	中	正	
다만 유	두려울 공	지날 과	가운데 중	바를 정	

체(體)와 신(神)이 비록 온전하다 할지라도 다만 중정(中正)을 지나칠까 두렵네

體	神	雖	全		
猶	恐	過	中	正	
體	神	雖	全		
猶	恐	過	中	正	

• 중정(中正) 찻잎 피는 시기를 잘 맞추어 따고, 만들 때는 가마솥 불 조정을 잘 하여 정성을 다하고, 찻물은 산수(山水, 무기물이 적은 것)를 선택하며, 우릴 때는 차의 양을 알맞게 넣어 너무 빠르지도 늦지도 않게 우려 차(茶) 성분과 효능이 함께 나타나는 것이 중정(中正)이고, 이 모든 것이 이루어진 것이 다도(茶道)이다.

中	正	不	過	健	靈	倂
가운데 중	바를 정	아닐 불	지날 과	굳셀 건	신령 영	아우를 병

중정(中正)이란 다신의 건(健)과 수체(水體)의 영(靈)을 나란히 하는 것에 불과하네.

- 體(체) 물[水]
- 神(신) 차의 색향기미
- 健(건) 차의 성분
- 靈(영) 차의 효능

泡法云
포 법 운
(『다신전』의)「포법」에서 말하였다.

探湯純熟 便取起 先注壺中小許 盪袪冷氣
탐 탕 순 숙 변 취 기 선 주 호 중 소 허 탕 거 냉 기

"탕이 순숙(純熟)에 이르렀는가를 살펴서 곧 취하여 들어낸다. 우선 호(壺)에 조금 부어서 냉기를 씻어 없앤다.

傾出然後 投茶 葉多寡宜酌 不可過中失正
경 출 연 후 투 다 엽 다 과 의 작 불 가 과 중 실 정

(호를) 기울여 (물을) 따라낸 연후에 차를 넣는다. 찻잎의 많고 적음은 마땅히 잔에 맞추어야 하니, 중(中)을 지나치거나 정(正)을 잃는 것은 불가하다.

茶重則味苦香沈 水勝則味寡色淸
다 중 즉 미 고 향 침 수 승 즉 미 과 색 청

(물보다) 차가 많으면 맛이 쓰고 향이 가라앉으며, (차보다) 물이 많으면 맛이 적고 색이 묽다.

兩壺後 又冷水蕩滌 使壺凉潔 否則減茶香
양 호 후 우 냉 수 탕 척 사 호 량 결 부 즉 감 다 향

두 번 우린 호(壺)는 냉수로 깨끗이 씻어서 호가 차갑고 청결하게 해야 한다. 그렇지 않으면 차향을 감소시킨다.

盖罐熱則茶神不健 壺淸則水性當靈
개 관 열 즉 다 신 불 건 호 청 즉 수 성 당 령

대체로 다관이 뜨거우면 곧 다신(茶神)이 온전치 못하고, 호(壺)가 청결하면 곧 수성(水性)이 당연히 신령스럽다.

稍候茶水冲和 然後 令布釃飲
초 후 다 수 충 화 연 후 영 포 시 음
잠깐[稍] 차와 물이 서로 잘 어우러지기[冲和]를 기다린[候] 연후에 베[布]에
걸러서 마신다.

釃不宜早 早則茶神不發
시 불 의 조 조 즉 다 신 불 발
거르는 것이 빠르면 안 되니, 빠른 즉 다신(茶神)이 피어나지 않는다.

飲不宜遲 遲則妙馥先消
음 불 의 지 지 즉 묘 복 선 소
마시는 것이 늦으면 안 되니, 늦은 즉 묘한 향이 먼저 사라진다."

評曰
평 왈
평하여 말한다.

採盡其妙 造眞其精 水得其眞 泡得其中
채 진 기 묘 조 진 기 정 수 득 기 진 포 득 기 중
"채취에는 그 묘함을 다하고, 만듦에는 그 정성을 다한다. 물은 진수를 얻
어야 하고, 우림은 중정(中正)을 얻어야 한다.

体与神相和 健与灵相倂
체 여 신 상 화 건 여 영 상 병
체(물)와 신(차)이 서로 어우러지고 건(성분)과 영(효능)이 서로 나란하니,

至此而茶道盡矣
지 차 이 다 도 진 의
이에 이르면 다도(茶道)는 마친 것이다."

松風檜雨到來初 急引銅瓶移竹爐
待得聲聞俱寂后 一甌春雪勝醍醐

中孚 白坡居士題

山雲間月滿鍾雷笑可延年

乾衣新試綠香烟 禽舌有纖穀雨前莫數母

屏竹嶺松濤俱蕭涼清寒瑩骨心肝惺峭詞白雲明

明月為燭兼為友 白雲鋪席因作

一傾玉花風生腋 身輕已涉上清

一	傾	玉	花	風	生	腋
한 일	기울 경	옥 옥	꽃 화	바람 풍	날 생	겨드랑이 액

옥화차 한 잔 기울이니 겨드랑이에 바람 일어나고

身	輕	已	涉	上	淸	境
몸 신	가벼울 경	이미 이	건널 섭	위 상	맑을 청	지경 경

몸은 가벼워져 이미 상청경(上淸境) 건넜구나

陳簡齋 茶詩
진 간 재 다 시
진간재(陳簡齋)의 다시에,

嘗此玉花匃
상 차 옥 화 내
"이 옥화차 향기 맛보았네"라 하였고

盧玉川 茶歌
노 옥 천 다 가
옥천자(玉川子) 노동(盧仝)의 다가에,

唯覺兩腋習習生淸風
유 각 양 액 습 습 생 청 풍
"오직 두 겨드랑이에 맑은 바람이 솔솔 이는 것을 알리라"고 하였다.

- 陳簡齋(진간재) 진여의(陳與義, 1090~1138). 지금의 하남성 출신으로 남송 때 시인.
- 盧玉川(노옥천) 노동(盧仝, 795~835). 호(號)가 옥천(玉川)이며, 당나라 하북 탁현(琢縣) 출신이다. 여기 나오는 그의 '다가'는 소위 〈칠완다가〉로, 맹간의가 햇차를 보내준 데 대하여 감사하는 마음을 적은 시이다.
- 習習(습습) 솔솔.

제31송

6구 43자, 주 34자

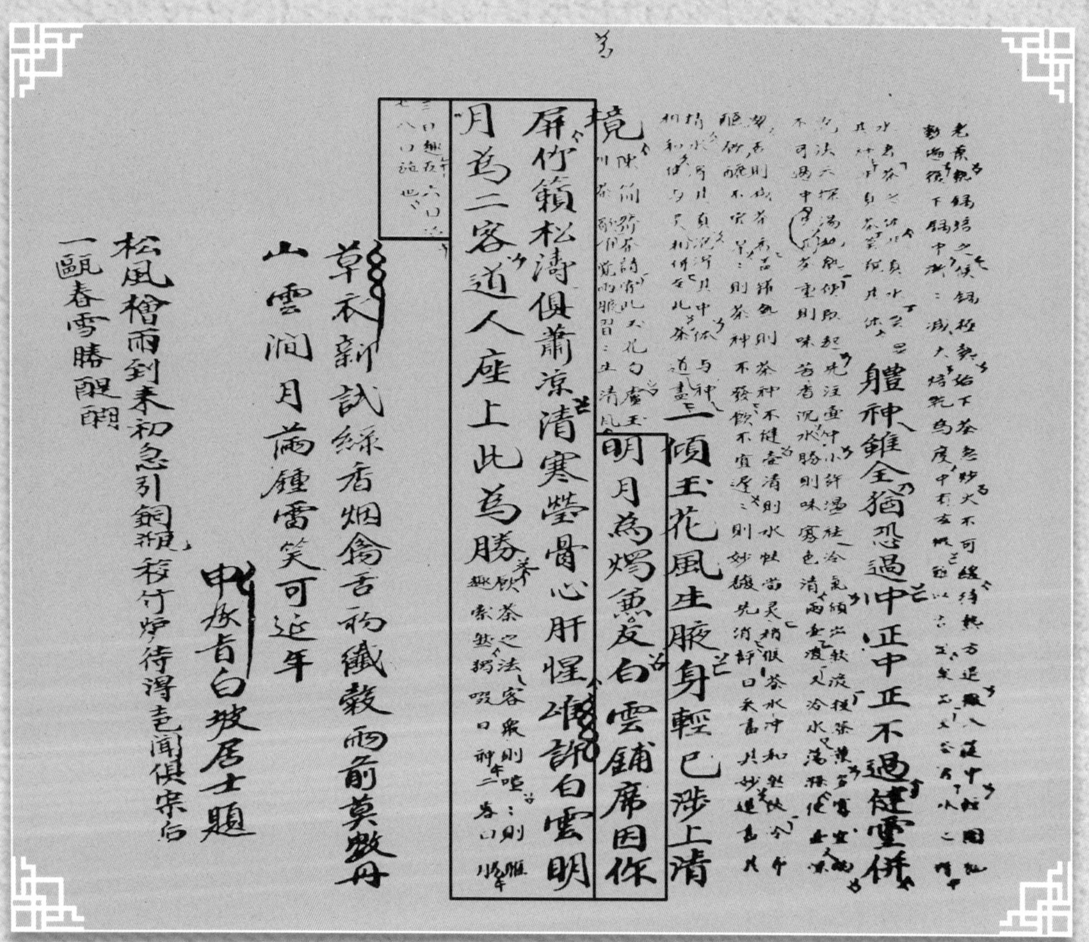

明	月	爲	燭	(爲)	兼	友
밝을 명	달 월	할 위	촛불 촉	할 위	겸할 겸	벗 우

밝은 달은 촛불 되고 겸하여 벗도 되며

白	雲	鋪	席	因	作	屛
흰 백	구름 운	펼 포	자리 석	인할 인	지을 작	병풍 병

흰 구름은 자리 펴고 인하여 병풍도 되네

白	雲	鋪	席	因	作	屛
白	雲	鋪	席	因	作	屛

竹	籟	松	濤	俱	蕭	凉
대 죽	퉁소 뢰	소나무 송	큰 물결 도	함께 구	맑은 대쑥 소	맑을 량

대숲 바람 솔바람 모두 소슬하고 청량하여

清	寒	瑩	骨	心	肝	惺
맑을 청	찰 한	맑을 영	뼈 골	마음 심	간 간	깨달을 성

맑고 찬 기운 뼈를 맑게 하고 심간(心肝)도 깨어난다네

唯	許	白	雲	明	月	
오직 유	허락할 허	흰 백	구름 운	밝을 명	달 월	
爲	二	客				
할 위	두 이	손님 객				

흰 구름과 밝은 달을 오로지 두 손님으로 맞이한

道	人	座	上	此	爲	勝
길 도	사람 인	자리 좌	위 상	이 차	할 위	좋을 승

도인의 찻자리, 이것이 승(勝)이로다.

道	人	座	上	此	爲	勝
道	人	座	上	此	爲	勝

陰茶之法
음 다 지 법
(『다신전』의) 「음다」편에,

客衆則喧 喧則雅趣索然
객 중 즉 훤 훤 즉 아 취 삭 연
"손님이 많으면 곧 어수선하고, 어수선하면 곧 아취가 없어진다.

獨啜曰 神 二客曰 勝
독 철 왈 신 이 객 왈 승
혼자 마시는 것을 신(神)이라 하고, 손님이 둘인 것을 승(勝)이라 하며,

三四曰 趣 五六曰 泛
삼 사 왈 취 오 육 왈 범
서넛은 취(趣)라 하고, 대여섯은 범(泛)이라 하며,

七八曰 施也
칠 팔 왈 시 야
일고여덟은 시(施)라 한다"고 하였다.

松風檜雨到來初　急引銅瓶移竹爐
待得壺聞俱宗后　一甌春雪勝醍醐

草衣新試綠香烟　禽舌初纖穀雨前莫數丹
山雲澗月滿鍾雷笑可延年

甲辰白坡居士題

艸衣新試 綠香煙
초 의 신 시 녹 향 연
초의선사가 차를 새로 우리니 푸른 향기 피어나네.

禽舌初懺 穀雨前
금 설 초 섬 곡 우 전
곡우전(穀雨前) 찻잎이라 작설(雀舌) 같이 섬세하네.

莫數丹山 雲澗月
막 수 단 산 운 간 월
말하지 마라, 단산(丹山)의 운감차(雲龕茶)와 월간차(月澗茶)를.

滿鍾雷笑 可延年
만 종 뇌 소 가 연 년
찻잔에 가득 찬 뇌소차(雷笑茶)는 수명을 연장한다네.

申承旨 白坡居士 題
신 승 지 백 파 거 사 제
백파거사가 제(題)하다.

• 白坡居士(백파거사)　신헌구(申獻求, 1832~1902). 조선 후기 문인으로 초의선사 말년에 일지암
　에서 인연을 맺어 『일지암시고(一枝庵詩稿)』에 발문(跋文)을 썼으며, 현재의 『동다송』을 필사(筆
　寫)했다.

참고문헌

『다신전』(태평양박물관본), 『동다송』(다송자본본), 『다경』(백천학해본)

조기정·박용서·마승진, 『차의 과학과 문화』, 학연문화사, 2016

석성우, 『다도』, 한겨레출판사, 1981

김명배 역, 『조선의 차와 선』, 선유문화사, 1991

석용운, 『초의선사의 차향기』, 도서출판 초의, 2012

정민·유동훈, 『한국의 다서』, 김영사, 2020

전재인, 『사진으로 읽는 다신전』, 이른아침, 2008

전재인, 『한국 다도 고전 다신전』, 이른아침, 2021

전재인, 『한국 다도 고전 동다송(개정판)』, 이른아침, 2023